Tu l'as bien mérité

BARBARA FRANDINO

Tu l'as bien mérité

roman

Traduit de l'italien
par Laura Brignon

LES
ARGONAUTES

Ce livre a été traduit grâce à une aide
du ministère italien des Affaires étrangères
et de la Coopération internationale.

*Questo libro è stato tradotto grazie a un contributo
del Ministero degli Affari Esteri
e della Cooperazione Internazionale italiano.*

Titre original : *È QUELLO CHE TI MERITI*

Graphisme : Lauriane Tiberghien
Photo couverture : © Alexander Mils
Photo de l'autrice : © Steve Panariti

*Pour en savoir davantage sur Les Argonautes Éditeur
et suivre l'actualité de la littérature européenne,
abonnez-vous à la newsletter sur notre site.
www.argonautes-editeur.fr*

À mes amies

Je suis là, comme si de rien n'était, assise dos à la vitrine, car j'aime que la lumière se heurte à l'obstacle de mon corps et tombe, oblique, sur le petit déjeuner.

Je mange un croissant en attendant que tiédisse le cappuccino que j'ai demandé brûlant.

Je feuillette le journal, m'attarde sur les photos. En marge de la une, j'écris une liste de choses à faire : un rendez-vous de travail, acheter des biscuits, voir ma mère et autres banalités. Le plaisir de barrer les tâches accomplies à la fin de la journée me donne l'impression de ne pas avoir gaspillé mon temps. Une fois ma liste achevée, je déchire la page, la plie et la mets dans ma poche.

Mon téléphone est sur la table, je le garde à l'œil, le consulte en permanence. Le bar est bruyant, un appel ou un message pourrait m'avoir échappé, je vérifie le volume de la sonnerie. Je hèle le serveur et commande un autre café.

Cependant, la chaise est inconfortable. J'ai mal au dos, mes épaules sont raides. J'essaie de changer de position, mais ça ne me soulage pas. Une impatience soudaine m'empêche de rester assise. Je fouille dans la poche intérieure de mon sac et y trouve une pièce que je pose sur la table, sans la regarder. Je me lève d'un bond et m'en vais : le ressort des gonds grince quand je pousse la porte, qui claque derrière moi.

Puis je commence à courir.

PREMIÈRE PARTIE

1

Il y a un décalage entre le moment où le cerveau ordonne de courir et celui où les jambes obéissent. J'arrive au marché de la Crocetta et me fraie un chemin sans demander pardon. Je tourne à droite, emprunte l'allée arborée et cours aussi vite que possible. Tous mes pas sont suivis d'un instant de confusion, comme si chacun de mes organes devait retrouver sa place. Je bifurque à gauche, traverse le boulevard sans regarder, une voiture pile, le conducteur hurle : Imbécile ! J'ai envie de répondre : Va te faire foutre ! Tu es à cent mètres, va te faire foutre ! Mais je n'ai pas de temps ni de souffle à perdre.

Repassez plus tard, murmure un homme en uniforme enfermé dans une guérite en verre. Mais mon sang bat si fort dans mes tempes que je ne l'entends pas et je lui demande de répéter.

– Ce n'est pas l'heure des visites, dit-il.

Alors je lui dis qui je suis. Mon chemisier colle à ma peau et mes bras sont ankylosés comme si je m'étais endormie dessus. Ma main a laissé une trace sur la vitre.

L'homme en uniforme sort de la guérite et m'indique le chemin : il me faut suivre la flèche des soins intensifs, prendre un couloir, monter puis descendre des escaliers, sortir dans la cour, rejoindre une autre aile.

– Je vais me perdre, lui dis-je.

Pourtant, j'arrive au service sans me perdre. Un infirmier m'aide à enfiler une blouse verte, un bonnet et des surchaussures. Il m'invite à entrer dans une grande pièce aux stores baissés, éclairée par de faibles néons : je compte quatre lits séparés par des paravents, deux seulement sont occupés.

Il est là. Je vais appeler le docteur, me dit l'infirmier.

Antonio est allongé sur le drap. Ses yeux fermés sont cernés de noir. La peau de son visage est blême, peut-être à cause de l'éclairage. Il porte une blouse blanche à petits motifs bleus qui laisse ses jambes presque glabres à découvert. D'un côté de sa bouche sort un tube relié à un respirateur et un méli-mélo de petits tuyaux et de fils sont rattachés au moniteur.

Il y a une chaise à côté du lit. J'ai envie de pleurer, mais mon corps est comme asséché : je n'ai ni larmes ni salive, je n'arrive même pas à déglutir.

2

Ce silence seulement interrompu par les respirateurs et les moniteurs ne me pèse pas. Lui, s'il était conscient, ça le rendrait fou.

Le silence est d'une telle exactitude.

Certains jours, je n'ouvre presque pas la bouche.

En général, mes pensées s'accumulent dans ma tête et ne franchissent mes lèvres que dans les situations où les mots ne risquent pas de déranger.

Et à présent, la pensée suivante enfle jusqu'à faire pression sur les parois de ma boîte crânienne : c'était un accident. L'échelle était appuyée contre un arbre, il était sur le dernier barreau.

Je le vois osciller, chercher un point d'appui entre les branches du grenadier.

Les branches se cassent, il part à la renverse, son

bras mouline dans le vide. Ses gestes sont gauches, il a la bouche ouverte dans un cri muet.

J'observe sa peau sèche, le réseau de veines bleutées sur ses mollets, et m'aperçois, pour la première fois, qu'il a des jambes de vieux. Ses gestes malhabiles sont ceux d'un vieux.

L'échelle n'est pas haute, me dis-je, il s'en tirera peut-être avec quelques égratignures ou une fracture du bras. Mais non, Antonio reste par terre et ne reprend pas connaissance.

Les secours l'attachent à la civière, l'embarquent dans l'ambulance et me demandent de monter. Je ne monte pas.

Je rentre, enlève mon pull et commence à faire du rangement. C'est incroyable, le bazar que cet homme réussit à semer pendant les quelques heures qu'il passe à la maison. Chaussures, vêtements, tasses de café, journaux abandonnés n'importe où. Sa présence investit le moindre espace disponible.

Je range tout, passe l'aspirateur, change les draps puis vais au café.

J'entends un bruit de pas : des semelles en caoutchouc sur le lino. Quelqu'un a posé une main sur mon épaule et la serre légèrement. Suivez-moi dans mon bureau, dit une voix, et je lui obéis.

– Asseyez-vous, madame Pichler, dit le docteur.
– Merci, je suis bien debout.
– Asseyez-vous, je vous prie, insiste-t-il.

Il dit que mon mari a eu un infarctus, et qu'on a dû lui faire une angioplastie.

Son téléphone vibre sur le bureau. Il refuse l'appel.

Il m'explique qu'on lui a placé un cathéter et rouvert l'artère bouchée, que la sténose était avancée, qu'une partie des cellules se nécrosait déjà. Je ne comprends pas ces mots : je ne sais pas de quoi il parle. Je l'interromps pour demander si Antonio s'en sortira.

– L'opération s'est bien passée, dit-il, mais une partie de son cœur ne fonctionnera plus.

Son téléphone sonne de nouveau. Le docteur hésite, puis s'excuse et se décide à répondre. Il s'est levé, il fait des allées et venues en observant la pointe de ses chaussures et en se caressant la barbe de sa main libre.

Il dit : D'accord, mon trésor, tu me raconteras ça tout à l'heure.

Je ne me souviens pas de son nom. J'oublie les noms des gens aussitôt qu'ils se sont présentés, et voilà que je ne sais plus comment s'appelle l'homme qui a sauvé Antonio.

Il raccroche et revient s'asseoir.

– Pardon, c'était mon fils. Il est seul à la maison, je ne devais pas être en service cet après-midi.

– Je suis désolée.

– C'est mon travail, vous n'avez pas à être désolée.

Je regarde la fenêtre et le ciel laiteux. La pièce est nue et propre, à part le drap en papier usagé sur la table d'examen.

Le docteur est assis sur le bord de son siège, il a les mains croisées sur son bureau vide. Je pense à mon propre bureau, couvert de livres, de feuilles volantes, de vieux journaux. Je me détends, m'abandonne contre le dossier de ma chaise. J'attends que, comme tout le monde, il fasse allusion à la célébrité d'Antonio, au succès de l'émission télévisée qu'il présente depuis trois ans. Au lieu de ça, il me demande si je peux lui expliquer ce qui s'est passé.

Alors je lui réponds : Il a fait un infarctus, c'est vous qui me l'avez dit. J'étais dans la maison, je travaillais.

– Vous ne vous êtes donc pas aperçue tout de suite que votre mari était tombé ?

– J'ai entendu le bruit des branches qui se

cassaient, puis le bruit de sa chute. J'ai couru dehors.

– Était-il conscient ?

– Non.

– Et il n'a pas repris connaissance ?

– Non.

– Madame Pichler, il y a un problème.

– Quoi donc ?

– Il a été secouru en retard.

Je voudrais lui répondre que ce n'est pas vrai, ça ne s'est pas passé comme ça, il n'y a eu aucun retard. Mais je suis trop fatiguée pour parler : il peut penser ce qu'il veut. Puis je lui demande de nouveau : Vous êtes sûr qu'il s'en sortira ?

Il se penche vers moi.

– J'en suis sûr, dit-il.

Plus tard, j'essaie de joindre la secrétaire d'Antonio, en vain. Alors j'envoie un message : Maria, Antonio a eu un accident. Il est à l'hôpital. Je vous tiens au courant.

Puis j'éteins mon téléphone.

3

Elle s'appelle Anna et elle travaille dans un journal. Je l'ai rencontrée à une fête à Milan, il y a un an environ : avant qu'Antonio ne décrète que les soirées étaient affreusement barbantes, et qu'on arrête de les fréquenter.

Elle buvait du vin, assise sur un canapé violet. Elle portait des bracelets qui cliquetaient à chacun de ses gestes et une jupe courte, légère, fendue sur le devant, qui dévoilait ses jambes maigres.

La maison était minuscule et bondée. Un papier peint imprimé de pélicans noirs tapissait les murs et il y avait des livres, des verres et des bouteilles partout, nous ne savions pas où poser l'énorme bouquet que nous avions apporté.

La maîtresse de maison nous a salués à la hâte, puis elle s'est précipitée à la cuisine donner des consignes pour le dîner. Les fenêtres étaient ouvertes mais on suffoquait. De temps en temps, quelqu'un criait pour signaler que la sonnette avait retenti et se proposer d'aller ouvrir.

Anna et Antonio se connaissaient déjà. Je garde un souvenir précis de cette soirée-là : lui la salue de loin d'un geste de la main, elle détourne les yeux. En l'observant, je me dis qu'elle doit avoir à peu près mon âge, mais qu'elle a une autre manière de porter ses années. Avec insolence, me vient-il à l'esprit.

Elle a des cheveux longs, la lumière leur donne des reflets ambrés, leurs ondulations disciplinées retombent sur sa poitrine. L'homme assis à côté d'elle les caresse et lui chuchote quelque chose en plongeant le visage dans son cou, elle éclate de rire, trop fort, la tête jetée en arrière. Son rire est comme le crépitement d'une averse soudaine.

Peu après, Antonio, debout derrière moi, me propose de partir. Ça te dit qu'on file ? Mais un collègue le saisit par le bras et l'entraîne à l'autre bout de la pièce, tandis que je me retrouve à discuter avec un scénariste maigrichon, tout en noir, qui me demande mon avis sur la boisson que nous buvons. Cette vodka-gingembre est censée être l'attraction principale de la soirée, mais lui, il a l'impression de sucer un bonbon pétillant au gingembre. Il préfère la variante au vermouth. Je hausse les épaules, détachée : pour ce qui me concerne, ça ne fait aucune différence. Mais il n'arrête pas de parler, il voudrait en savoir un peu plus sur mon compte. Qu'est-ce que tu fais comme travail ? me demande-t-il. Je change aussitôt de sujet car j'écris des livres signés du nom d'autres personnes et, dans mes contrats avec les maisons d'édition, la clause concernant mon invisibilité est bien plus longue que celle concernant mes droits.

Je cherche mon mari des yeux. Il est de dos, je le vois ébouriffer ses cheveux : depuis qu'il les perd, ils ont moins de volume, se collent à son front et lui donnent un air d'homme comme il faut. Il n'a pas envie de ressembler à un homme *comme il faut* : il est de ceux qui portent des costumes à mille euros mais refusent de cirer leurs chaussures. C'est ça qui plaît à son public : sa négligence sophistiquée. Il faut prêter attention à toute une série de détails, quand on vit sur scène.

Il tient une boisson incolore, peut-être un gin tonic. Je reconnais les personnes qui l'entourent : un écrivain, un humoriste, une agente littéraire et, enfin, Anna.

Ils sont pendus aux lèvres d'Antonio. Je parie qu'ils espèrent apprendre une information sensationnelle. Qui remportera les élections ou bien quelle sera la cible des terroristes : ils l'interrogent comme si c'était un oracle, ils veulent une nouvelle formidable à mâchonner longuement avant d'aller la recracher ailleurs.

Je m'approche, Antonio prend le verre d'Anna pour lui servir du vin. Elle lui caresse le dos, sa main se pose sur les omoplates de mon mari et descend jusqu'à ses dernières vertèbres. Mais lui n'a l'air ni perturbé ni surpris. Comme si la chaleur de cette caresse lui était familière.

Anna reprend son verre plein, se tourne brusquement et me voit. Sa main abandonne le dos de mon mari, son regard se fixe sur le contenu de son verre.

Je me joins au groupe, en me forçant à sourire.

Je ne savais pas encore qui était cette femme, mais je savais que je devais m'en méfier.

À deux heures, il n'y avait plus d'alcool et nous nous sommes retrouvés à boire du Coca dans des gobelets en plastique. Alors, quelqu'un a dit qu'il se faisait tard et qu'il était temps d'y aller.

Sur le seuil, nous avons échangé des bises furtives. J'entendais Anna s'éloigner sur le trottoir, avec des talons qui n'avaient pas été ressemelés : les femmes élégantes ne font pas tout ce bruit quand elles marchent.

Je n'ai jamais revu Anna après cette soirée. Cependant, j'ai appris qu'elle était tombée enceinte et que son enfant était né il y a une semaine. C'est Antonio qui me l'a dit.

Antonio est le père de cet enfant.

4

Ça dépend du temps. S'il ne pleut pas pendant une semaine ou deux, l'air devient irrespirable. La puanteur entre par les fenêtres, une odeur d'ammoniac à laquelle lui ne fait pas attention. Il dit s'y être habitué, ne même plus la sentir. Selon lui, c'est moi qui en ai fait une obsession. Moi, je ferme les fenêtres et les portes qui donnent sur le jardin, nous vivons barricadés jusqu'à la pluie suivante. Je lui dis que ces chats doivent partir, qu'un jour ou l'autre je vais les embarquer dans la voiture et les faire disparaître. Le vendredi soir, à son retour de Milan, il sort pour les compter. Quand il en manque un – parti en balade de son plein gré, car malgré mes menaces je n'ai jamais touché à une seule de ces bestioles –, Antonio dit que si le chat ne revient pas, j'aurai affaire à lui.

À part sur la question des chats, Antonio et moi

ne nous sommes jamais disputés. Même pas les fois où ça aurait été souhaitable.

Je suis désolée, madame. Vous ne pouvez pas passer la nuit ici, me dit-on à l'hôpital. J'essaie d'insister, mais l'infirmière est inflexible.

– Rentrez vous reposer, susurre-t-elle.

Il est huit heures passées. Je m'étire pour me désengourdir le dos, avant de rassembler mes affaires. Il fait presque nuit. Je rallume mon téléphone, des dizaines de notifications WhatsApp s'affichent sur l'écran. Maria a essayé d'appeler et m'a envoyé des messages dès ce matin, juste après que j'ai éteint mon téléphone, et elle a poursuivi non-stop jusqu'à il y a trois heures. Puis elle a arrêté.

Quand je la rappelle, le ton de sa voix est hostile. À ses mots, je comprends qu'ils savent déjà.

– Nous sommes la rédaction d'un journal, me fait-elle remarquer.

– Je suis désolée de ne pas avoir donné de nouvelles, dis-je. J'étais chamboulée.

– Nous aussi.

À la rédaction, ils ont téléphoné à tous les hôpitaux de Turin jusqu'à ce qu'ils trouvent le bon.

– Comment va-t-il ? me demande-t-elle.

– Bien, je crois. Il a eu de la chance. Maintenant, il doit se reposer.

Maria soupire.

– Tu penses qu'il a besoin de quelque chose ?

– Non, il est sous analgésiques.

– Et toi ? Tu as besoin de quelque chose ?

– Merci. Je me débrouille.

Sa voix se fêle : de petites lézardes où tombent ses mots. Elle pleure en silence. Puis j'entends distinctement le grincement de la porte de son bureau qui s'ouvre, et sa demande qu'on la laisse tranquille une minute.

Maria est sa fidèle assistante depuis dix-huit ans : son ange gardien et son chien de garde.

5

Je suis réveillée par la sonnerie du téléphone. La rédaction de Milan m'appelle pour m'informer que, ce soir, l'émission diffusée sera un montage de vieux rushes. Nous nous mettons d'accord sur la version de l'accident que nous donnerons aux journalistes.

Mes pieds nus gèlent sur le carrelage froid de la cuisine et, en attendant que le café coule, je me dandine, un pied sur le sol, l'autre niché derrière mon genou, à la recherche d'un peu de tiédeur dans les plis de mon pyjama.

Quand le café est prêt, j'en bois une gorgée qui me brûle la langue et le palais.

Une fois installée sur le canapé avec ma tasse, je commence à écrire sur le dos d'un ticket de caisse. Je n'ai pas d'agenda, j'écris des listes sur le premier bout de papier venu, je les glisse dans la poche de mon sac ou entre les pages d'un livre, puis je les oublie.

J'attends que la vapeur du café qui embue mes lunettes se dissipe, puis je me relis et m'étonne d'avoir oublié d'écrire *hôpital*. Je l'ajoute dans la marge et entoure le mot au crayon, pour signaler que c'est une tâche impérative.

Il fait chaud dans la chambre d'Antonio et la fenêtre est fermée. Il dort. Le côté droit de son visage est égratigné. Il paraît si frêle. Qu'est devenu l'homme imposant qu'était mon mari ?

Le docteur m'a demandé si je me souvenais mieux de ce qui s'était passé.

Puis il m'a dit que c'était un miracle qu'Antonio soit vivant.

Mon père est mort dans un accident de la route quand j'avais quinze ans, en s'endormant au volant. Mon grand-père, le père de ma mère, a été emporté par un cancer. Sur le tableau de bord de sa voiture, il y avait toujours une cartouche de Nazionali sans filtre.

Je m'efforce de me souvenir comment les femmes de ma famille affrontent la solitude.

Après l'enterrement, ma mère est rentrée en courant à la maison pour feuilleter notre album photo.

Elle n'arrivait pas à admettre qu'il ait pu nous quitter sans nous dire au revoir. Ma sœur et moi l'agacions : elle ne supportait pas que nos corps piétinent l'espace de son désespoir. Notre appartement, même s'il se trouvait dans un quartier chic, était minuscule et il était difficile de ne pas se gêner. Ma mère ne sortait de sa chambre que pour aller aux toilettes.

La nouvelle de l'accident est parue dans le journal : une colonne dans les pages locales. Mon père était quelqu'un de normal, comme ma mère, comme moi.

Au bout d'une semaine, l'hôpital a appelé pour que nous passions chercher ses effets personnels : dans un sac en plastique transparent, il y avait ses vêtements, un mouchoir usagé, son portefeuille, qui contenait sa carte d'employé municipal et la carte de fidélité d'une salle de bowling.

Aucune de nous ne savait que mon père jouait au bowling.

Quelques jours plus tard, ma mère est allée demander des informations à l'adresse indiquée sur la carte. On lui a fait des condoléances, on lui a dit que mon père était membre depuis de nombreuses années et qu'on le regretterait.

Elle retournait cette vieille carte en carton entre ses mains, lissant de son ongle ses bords abîmés. Les vies secrètes se nichent dans les petits détails.

6

La première fois que je l'ai vu, c'était dans un restaurant du centre-ville. Il était assis dans un coin, légèrement penché vers la table, en train d'écouter une voix qui sortait d'un petit magnétophone. Il prenait des notes dans un cahier, creusant de son stylo des sillons sur le papier épais, qui produisait un bruit de feuilles mortes quand il tournait les pages.

Son nez long et fin, sa tignasse chaotique et son visage maigre. Ce nez semblait trop long, comme s'il s'était retrouvé là par erreur, pourtant l'ensemble était magnifique, les couleurs étaient magnifiques : sa pâleur et le noir de ses yeux. Il n'arrêtait pas d'écrire, la nourriture refroidissait dans son assiette.

En l'observant, j'avais pensé : je ne peux pas me tromper. Sans savoir ce que ça signifiait, et encore moins d'où me venait ce pressentiment – sinon d'une bouffée de chaleur dans mon ventre –, car il était resté de profil et rien ne laissait supposer qu'il lèverait les yeux de ses papiers pour les poser sur moi.

Puis, un jour, Antonio et moi sommes en voiture – nous sortions ensemble depuis quelque temps déjà – et, en prenant un rond-point, il me demande en mariage.

Nous avions déjà fait de nombreux trajets en voiture, sans véritable destination, juste pour bavarder et voir le paysage. Il fumait au volant et parlait fiévreusement : nous finissions toujours par nous perdre.

Bref, ce jour-là, nous sommes sur un rond-point, et alors que nous cherchons la sortie pour faire demi-tour, il me demande en mariage. Moi, j'ai la nausée, peut-être à cause de l'émotion, mais aussi parce qu'on tourne en rond, et je lui réponds qu'il faut être à l'arrêt pour ce genre de discussion.

Alors il prend la première sortie, stationne sur le bord de la chaussée et recommence.

– Tu veux m'épouser.

Ce n'est pas une question ni même une demande, c'est l'énoncé d'un fait : Claudia, tu veux m'épouser. Et moi, je me mets à penser à ce qui me plaît chez lui : ses paupières qui papillonnent quand il est fatigué, l'odeur de sa peau quand il dort, sa manière de m'aimer, qui me fait me sentir une personne digne d'amour. Je pense à la texture de ses mots et à l'écho qu'ils créent en moi. À la lumière, si blanche, qui émane de lui et se dépose sur toute chose.

Le jour du mariage, une coiffeuse est venue à la maison et m'a fait un chignon alambiqué avec des fleurs blanches sur le côté. Avant de partir, elle a dit que je ressemblais à une mariée de magazine. Ma sœur a acquiescé, oui, effectivement, on aurait dit que j'étais en plastique.

Une fois la coiffeuse partie, je me suis lavé les cheveux, agenouillée devant la baignoire, en faisant attention à ne pas faire couler mon maquillage, et je les ai séchés, tête en bas. Puis je suis allée me marier.

Après la cérémonie, dans la salle réservée pour la fête, Antonio a pris ma mère par la main et l'a entraînée sur la piste de danse.

À la fin de la journée, maman m'a demandé comment diable j'avais fait pour si bien réussir.

Elle était désorientée. Ce souffle de joie inattendu, le fait qu'un homme tel qu'Antonio ait choisi sa fille : ces événements interféraient avec sa mélancolie tenace.

7

– Ne me fais pas la morale.

– Je ne te fais pas la morale. Mais tu ne devrais pas, dit ma sœur.

– Lucia, je t'ai vue fumer pendant que tu accouchais dans la baignoire.

– La sage-femme disait que la naissance se ferait toute seule si je me détendais. Et de toute façon, c'était idiot de fumer.

Je fume depuis deux semaines. En cachette, le plus souvent, parce que j'ai honte de ma maladresse. Je n'aspire pas au bon moment et la cigarette met si longtemps à s'allumer que le métal du briquet devient brûlant et qu'il me faut souffler sur mes doigts douloureux.

Je garde un moment la fumée dans ma bouche : ça me pique la langue, le goût de la nicotine remonte vers mon nez avant de descendre dans ma gorge, puis je tousse jusqu'à ce que mon diaphragme se libère dans une déchirure. Fumer est une opération complexe qui me rappelle que je dois respirer.

Mais ici l'air est mauvais. Dans ce parking coincé entre une décharge et un incinérateur, il faudrait respirer le moins possible.

Tous les mardis, je viens chercher ma sœur devant la prison où elle donne des cours de yoga. J'aime passer du temps avec elle. Arrivée au parking, je coupe le moteur et j'attends. Dans un sens, cette attente aussi me plaît, même s'il arrive qu'elle soit interminable parce que les détenus ont envie de discuter avec elle à la fin du cours, de lui dire qu'ils n'arrivent pas à dormir, de lui faire une bise qu'elle puisse emporter de l'autre côté de ces murs, accompagnée d'effluves d'après-rasage.

Une fois la dernière fouille finie, Lucia dégrafe le laissez-passer de son T-shirt et le rend au gardien, en échange de sa carte d'identité. Quand je la vois franchir la barre et saluer de la main, je mets le contact et j'allume la climatisation si c'est l'été, le chauffage si c'est l'hiver.

En chemin, nous nous arrêtons dans un restaurant pour manger des boulettes végan et elle me parle de la prison : l'odeur de fer des barreaux, les couloirs qui sentent le chou à l'heure du repas, la gratitude des détenus envers ceux qui brisent l'immuabilité de leur incarcération, la colère des gardiens, jeunes et originaires du Sud, qui vivent eux aussi derrière ces portes blindées, et dont les journées ne sont pas si différentes de celles des hommes qui ont dealé ou agressé une femme. Mais eux ce sont les gentils, dit Lucia, ou en tout cas il faudrait qu'ils le soient.

J'ai jeté le mégot par la fenêtre et elle m'a regardée de travers. Sous son T-shirt, elle porte une brassière rembourrée parce que dans la prison on ne doit pas deviner sa poitrine. Elle se change dans l'habitacle exigu de la Mini, elle enfile une tenue plus légère tandis que je conduis vers le centre-ville.

– Mon Dieu, soupire-t-elle, quelle torture cette chaleur.

Je lui dis qu'à l'hôpital les fenêtres ne s'ouvrent pas et que là-bas aussi le temps est suspendu. Je lui parle du cœur d'Antonio.

– Le docteur dit que trente pour cent de ses cellules se sont transformées en pierre.

– N'importe quoi, répond Lucia. Antonio a toujours eu un cœur de pierre.

Puis elle me prend la main.

– Ça arrive à plein de gens. Il va s'en tirer. Et, surtout, toi tu vas t'en tirer. Ta souffrance aura une fin. Je te le promets.

Plus tard, avant qu'elle descende de la voiture, je pose mon front sur son épaule.

Ma sœur, qui se soucie de moi et qui est de mon côté.

8

On dirait qu'Antonio fait semblant de dormir. Je décide de le masser, en commençant par son visage. Je passe un linge humide sur ses yeux fermés, ses lèvres, son front et son nez avant de descendre sur son cou, que je frotte plus vigoureusement. Ses bras, ensuite : d'abord le gauche, car je dois faire attention à l'aiguille et à la canule de la perfusion. Puis le droit, que je peux manipuler plus librement. Je repasse le linge sous l'eau chaude et masse sa poitrine et son abdomen, en m'attardant sur les plis de sa peau. Je continue plus bas, frictionne énergiquement ses jambes et ses pieds pour réactiver la circulation. Il garde les yeux fermés.

– J'ai accepté d'écrire un nouveau livre, lui dis-je. C'est plutôt bien payé.

Il se tourne sur le côté, feignant de se rendormir, ou se rendormant pour de bon. Je déplace son bras pour que l'aiguille de la perfusion ne sorte pas ou ne lui fasse pas mal puis, immobile, je l'observe.

Après notre mariage, nous avons longtemps dormi enlacés : ma tête enfoncée entre ses omoplates, mes genoux blottis dans le creux des siens, mon ventre collé à ses fesses, mon bras glissé sous son bras. Je sentais mon cœur battre contre la peau de son dos, et son cœur sous la paume de ma main.

Ce rituel d'union et de fusion était sacré : il n'en a jamais été question lors de nos débats sur ce qui allait ou n'allait pas entre nous.

Pendant de nombreuses années, il suffisait que ce gros animal à deux cœurs s'assemble sur le côté gauche de notre lit pour que, dans la pénombre de la chambre, s'évanouisse n'importe quelle tension, n'importe quelle souffrance.

Quand avons-nous cessé de dormir dans cette position ? Malgré mes efforts, je n'arrive pas à m'en souvenir. Le temps fonctionne ainsi, par petites soustractions. On s'adapte à l'absence, on fait des ajustements permanents. Jusqu'au jour où l'on s'aperçoit que ce qui a disparu nous ressemblait plus que ce qui demeure.

Le médecin s'appelle Martini, c'est une infirmière qui me l'a rappelé. Je lui signale qu'Antonio a toujours froid aux pieds et aux mains. Il répond qu'on lui donne des anticoagulants, que la situation est sous contrôle.

– Parfois, j'ajoute, j'ai l'impression qu'il est essoufflé.

– C'est votre mari qui vous a dit qu'il avait du mal à respirer ?

– C'est moi qui ai cette impression.

Le docteur Martini dit que je ne dois pas m'inquiéter, Antonio est monitoré en permanence et il réagit bien au traitement.

– Mais ça fait déjà cinq jours qu'on est là. C'est normal qu'il dorme autant ? Des fois, c'est comme s'il s'éteignait.

Je me demande où va Antonio, dans ses moments d'absence. Il garde les yeux fermés ; une nouvelle ride, verticale et profonde, apparaît entre ses sourcils. Quand il les ouvre, il regarde autour de lui d'une manière qui m'était inconnue. Peut-être a-t-il seulement peur. Ou peut-être est-il en colère contre ce nouvel Antonio Pichler qui a remplacé l'ancien. Le docteur lui a dit : Oubliez votre vie d'avant. Il aurait pu être moins direct, mais on ne peut pas lui enlever son honnêteté. Vous ne pourrez plus faire ce qui vous chante, a-t-il ajouté. Vous devrez perdre du poids et prendre des antiagrégants, des bétabloquants, des antihypertenseurs et des statines pour le cholestérol. Il faudra privilégier les loisirs tranquilles : promenades, golf, jeux de cartes. Vous jouez aux cartes, monsieur Pichler ? Et avoir une activité sexuelle normale.

J'ai dû me mordre la langue pour me retenir de demander ce que signifie, précisément, une activité sexuelle normale.

Ma nouvelle autrice s'appelle Aneeta et elle apprend aux gens à transformer leurs limites en atouts. En temps normal – c'est-à-dire avant d'avoir suivi de bons cours de pleine conscience –, nous avons l'illusion de choisir, dit-elle. Mais en réalité, le choix que nous faisons est déjà inscrit dans notre chair, qu'il s'agisse d'un homme, d'un travail, d'un vêtement. Je croyais qu'elle faisait référence au destin, au karma ou à quelque chose dans ce genre, mais elle m'a expliqué que chacun de nos gestes, jusqu'au plus insignifiant d'entre eux, résulte d'émotions provenant de notre enfance.

Ce matin, j'ai fait une séance d'autoanalyse avant de m'habiller. À qui voulais-je plaire, avec cette jupe à fleurs pour laquelle j'ai finalement opté ?

À Antonio ? Au docteur ? À aucun des deux, dirait Aneeta. Je voulais encore plaire à mon père.

Le docteur me demande : Ça vous dirait, un café ? Il y a un distributeur, au fond du couloir.

9

Aneeta signifie : au-delà des contraintes.

Selon elle, chacun d'entre nous a des systèmes d'autodéfense qui altèrent le souvenir de la souffrance et, si nécessaire, le refoulent. En fait, elle dit que l'on oublie pour pouvoir survivre.

Elle, elle sait faire réaffleurer chaque souvenir.

Je lui ai demandé quel était l'intérêt de faire quelque chose d'aussi bête.

Savoir ce qui nous a rendus comme ça marque la différence entre survivre et vivre à notre gré, m'a-t-elle répondu.

Depuis qu'Antonio est à l'hôpital, je n'arrive plus à dormir dans notre lit. Je sens en permanence les battements de mon cœur dans ma cage thoracique, la circulation du sang dans mon oreille posée sur l'oreiller, un fourmillement dans les jambes, une nervosité qui m'opprime de l'intérieur. Je me dis que c'est un problème neurologique, puis que je fais peut-être de l'hypertension. Enfin, je comprends que ce sont les souvenirs qui bougent, changent, se repositionnent à la recherche d'une cachette parmi mes cellules. Mon organisme sait que, pour survivre, il doit apprivoiser leur férocité.

Tout a commencé il y a six mois. J'avais une grosse migraine. En attendant que l'aspirine fasse effet, je m'étais mise sur le canapé, je regardais une série.

On a sonné à la porte. Pieds nus, un gilet enfilé par-dessus mon pyjama, je suis allée ouvrir : c'était Antonio. Il n'était pas censé être là un lundi après-midi. Il avait oublié ses clés. En le regardant, j'ai eu un mauvais pressentiment. Il avait un sourire bizarre, entre le sourire d'excuses et le rictus d'un enfant qui s'apprête à couper la queue d'un lézard. Des courants d'air humide entraient par la porte ouverte, mon pyjama était léger : j'ai attrapé les pans de mon gilet et les ai serrés autour de ma poitrine.

– J'ai quelque chose à te dire.

– J'ai très mal à la tête. Je crois que je n'ai pas envie de savoir ce que c'est.

De toute évidence, il cherchait la bonne formulation, mais il n'arrivait pas à se départir de cet air bizarre, désespéré et cruel.

– Il faut que tu saches.

Je suis allée dans la cuisine préparer un café, juste pour ne pas être obligée de le regarder pendant qu'il portait son coup.

C'est ainsi que j'ai appris pour Anna et l'enfant qui allait naître.

– Il n'y aura pas de scandale, m'a-t-il dit.

Je n'ai servi le café que dans une tasse. J'aurais dû me mettre à pleurer, mais je n'avais pas de larmes. Le sol s'ouvrait sous mes pieds pour m'engloutir, mais je n'avais pas de larmes.

Je lui ai dit : Va-t'en.

Il s'est tourné, a passé la porte, et il est parti. Je suis restée plantée au milieu du salon, les bras ballants. J'ai regardé la fenêtre : il y avait des traces de doigts sur les vitres. La lumière éclairait le désordre du canapé et le secrétaire encombré de bibelots qui me semblaient désormais de mauvais goût. Le blanc des murs était trop froid, le tapis décoloré. Tout paraissait insolite, mais c'était moi qui avais changé.

10

– Enlève-toi cette patine grise du visage, mon trésor, disait ma mère.

– Quelle patine ?

– Mets-toi un peu de rouge. Et essaie de sourire, de temps en temps.

Après cette révélation, je n'ai pas réussi à dormir pendant des semaines.

Moi qui aime le silence, la nuit je devenais loquace.

– Vous vous voyez ?

– Non.

– Vous vous appelez ?

– Non.

– Vous échangez des messages, des mails, vous vous écrivez sur Facebook ?

Je craignais que les journaux en parlent, qu'ils me détruisent. Ça n'arrivera pas, disait Antonio.

Je le réveillais pour lui demander ce qu'il se passerait après.

– Après quoi ?

– Après la naissance de l'enfant.

– Il ne se passera rien. Elle ne veut rien, elle veut juste garder son enfant, je ne peux pas l'en empêcher.

Il se tournait et se couvrait la tête avec le drap.

– Je veux dormir, disait-il. Je suis fatigué.

J'étais obsédée par l'idée qu'ils continuent de coucher ensemble malgré la grossesse. Certains hommes éprouvent une attirance fétichiste pour les femmes enceintes. Était-il l'un d'eux ?

Je le réveillais de nouveau.

– Tu vas rester ?

– Oui.

– Pourquoi ?

– Parce que je t'ai épousée. Je n'ai pas l'intention de changer de vie, disait-il, comme si ça pouvait me suffire.

Je passais la nuit à me poser des questions.

Le matin, ma mère inventait des prétextes pour me voir et vérifier mon état de fatigue, elle voulait que je l'accompagne à la banque ou faire des analyses. Elle me surveillait, mais finissait toujours par empirer la situation.

– Hier, j'ai appelé Antonio, a-t-elle dit un jour.

– Pourquoi tu as fait ça ?

– Il a été très gentil. Il s'est souvenu de mon mal de dos et m'a demandé comment ça allait.

– Ne te mêle pas de nos histoires.

– Écoute, je voulais te demander de ne pas en parler à tatie Giulia.

– Tu me vois appeler tatie pour lui annoncer que je suis cocue ?

– Elle a toujours été envieuse. Elle me téléphonerait pour me provoquer.

– Maman, est-ce que pour une fois tu pourrais accepter que c'est mon problème ? Pas ton problème, le *mien*. Mon putain de problème.

– Tu n'as pas besoin d'être vulgaire.

Elle était sûre que tout allait s'arranger pour le mieux.

– C'est ça, oui, disais-je.

– Arrête un peu d'être pessimiste et de t'apitoyer sur ton sort.

– Je ne m'apitoie pas sur mon sort.

– C'est ça, oui, disait-elle.

Elle me conseillait de fermer les yeux, comme elle-même l'avait fait, et d'apprendre à me satisfaire de ce que j'avais.

Mais je n'avais pas la moindre intention de m'en satisfaire : il ne me suffisait pas qu'Antonio reste parce qu'on avait signé un contrat ou parce qu'il se sentait trop vieux pour changer ou parce qu'il craignait de perdre la vénération de son public.

Alors je lui disais : Tu es libre. Tu peux partir, si tu veux.

Et il répondait : Si je suis libre, je choisis de rester.

J'avais obtenu ce que je voulais : il m'avait cédé sa liberté.

11

Je marche derrière lui, au supermarché. Son caddie est à moitié rempli de boîtes de biscuits et de céréales : il ne prend que des produits rangés au niveau de ses yeux, avec des gestes distraits. Moi, j'étudie les rayonnages avec une attention obsessionnelle, mais sans savoir quoi choisir car je n'ai jamais faim. J'ai fait la file pendant un long moment au comptoir du traiteur et, quand mon tour est arrivé, j'ai dit que je n'avais besoin de rien.

Je devrais pivoter sur mes talons et partir avant qu'il ne me remarque. Au lieu de ça, j'entends ma voix s'échapper de mes lèvres et le héler.

Plus tard, nous sommes assis dans un café donnant sur le Pô. Je commande un expresso, lui un tonic. Je lui dis qu'Antonio est encore faible et qu'il a du mal à marcher. Il me rassure : c'est une évolution normale. S'il était arrivé une demi-heure plus tôt à l'hôpital, il n'y aurait pas eu de complications.

Je m'attends à une autre question sur le retard des secours, mais il me dit que nous devons penser à l'avenir.

– Pour éviter la progression de la maladie, ajoute-t-il.

– Quelle progression ?

Je ne voyais pas l'infarctus comme une maladie, mais comme une espèce d'accident.

Quel âge peut-il bien avoir ? Quarante ans ? Sans sa blouse, il paraît plus jeune. Du bout des doigts, je trafique les mèches de ma frange, je les réarrange sur mon front en les tirant comme si elles pouvaient miraculeusement s'allonger. Il scrute les bulles de tonic dans son verre encore plein.

– Je n'arrive pas à dormir, dis-je.

Le docteur lève les yeux, me fixe, puis demande si je n'arrive pas à m'endormir ou si je me réveille dans la nuit.

– Je ne dors pas, c'est tout. D'après ma sœur, je devrais faire de la méditation.

Martini joue avec ses clés, je lisse encore mon chemisier et mes cheveux. Un serveur va et vient, le pas lourd, suivant toujours le même parcours. La peinture du sol en bois est usée par ses semelles en cuir. Quelqu'un a mis de la musique, le volume est si fort que nous devons élever la voix pour nous entendre.

– J'ai jeté un œil dans votre caddie. On ne dirait pas le régime alimentaire d'un cardiologue, dis-je.

J'apprends alors qu'il est séparé, qu'il fume et passe trop de temps à l'hôpital. Le soir, il rentre fatigué et n'a pas la force de se battre avec son fils sur la nourriture. Mais il l'aide à faire ses devoirs de maths. Des formules qu'il avait oubliées depuis bien longtemps et qu'il révise dans le métro, avec un manuel pour collégiens, en rentrant à la maison.

– Les enfants font rester jeunes, dis-je.

– Les enfants font vieillir. Du jour où ils naissent, on arrête de grandir et on commence à vieillir.

Puis je lui rappelle que ses courses sont dans sa voiture garée au soleil. J'aurais pu me taire et continuer à discuter, vu que je me sentais bien et mon corps aussi. Et, comme dit Aneeta, il faut toujours faire confiance à son corps. Mais mes mots ont précédé ma pensée et maintenant il cherche les clés de sa voiture au fond de sa poche. Nous nous serrons la main pour nous saluer.

– De toute façon, on se voit demain à l'hôpital. Essaie de dormir, dit-il.

– Alors, salut.

– Salut, alors.

12

Nous inspirons pendant six secondes, retenons notre souffle pendant trois secondes, expirons pendant six secondes, restons les poumons vides pendant trois secondes. J'ai l'impression que si j'arrêtais de me concentrer sur ma respiration, elle s'interromprait.

Couchée sur le tapis, je caresse le parquet, je parcours du doigt ses interstices.

Antonio a été transféré dans une chambre individuelle pour les hospitalisations de longue durée. La mutuelle prend tout en charge. Si je le souhaite, me dit-on, je pourrai rester la nuit.

Quand je suis arrivée à l'hôpital ce matin, quelqu'un lui avait déjà apporté les journaux. Les infirmières feraient n'importe quoi pour lui.

Je l'ai embrassé sur le front et lui ai demandé comment il allait.

– Très bien, a-t-il répondu.

Mais il y avait un agacement dans sa voix. J'aurais dû faire mine de rien. Si j'avais été maligne, j'aurais fait mine de rien.

– Tu préférerais qu'il y ait quelqu'un d'autre à ma place ? lui ai-je demandé.

Le prof de méditation nous dit d'essayer de faire le silence dans notre esprit.

Nous devons considérer nos pensées comme les pages d'un livre que l'on feuillette, dit-il, et les laisser défiler.

Si nous trouvons des pages blanches, ça signifie que nous sommes en train de méditer.

Sa nouvelle chambre est à côté de l'ascenseur. On entend le bruit du moteur qui met les câbles d'acier en branle et la cabine qui monte et descend. Quand l'ascenseur s'arrête à l'étage, ses portes grincent et mettent une éternité à s'ouvrir. En général, c'est une nouvelle visite pour Antonio. Un autre morceau de son monde qui se matérialise dans les quelques mètres carrés de cette chambre d'hôpital et que j'observe, les bras croisés, adossée à l'encadrement de la porte.

Tu es une sainte, a toujours dit ma mère. Elle savait que, cinq jours par semaine, Antonio fréquentait des endroits et des gens que je connaissais à peine : Tu es une sainte. Ce qui revenait à dire : Que tu es bête. Car il n'était pas concevable que j'aie fait le choix de rester à l'écart et de lui laisser le champ libre. Même si j'aurais plutôt appelé ça : maintenir une distance de sécurité avec un monde qui n'était pas le mien.

Ainsi, quand l'incident avec cette femme et son enfant a eu lieu, les mots m'ont manqué, alors que ma mère savait exactement quoi dire.

Aujourd'hui, une femme est venue de Milan, une productrice dont je n'avais jamais entendu parler. Dans le couloir, elle m'a parlé d'Antonio comme s'ils étaient proches, elle a déclaré que dernièrement il était fatigué, qu'il dormait et mangeait mal. Elle s'appelle Paola. Plus tard, à la maison, j'ai fouillé dans l'agenda de mon mari à la recherche de son nom. Je n'ai rien trouvé. D'ailleurs, je ne sais même pas ce que je cherchais au juste.

Avant de partir, les visiteurs me prennent dans leurs bras. Appelle, si tu as besoin de quelque chose, quoi que ce soit, disent-ils.

Il me tarde que les portes de l'ascenseur se referment derrière eux avec leur grincement sinistre.

J'ai un masque sur les yeux et plus aucune notion du temps. Le prof nous invite à nous détendre et à rouler lentement sur le côté. Je suis furieuse contre moi-même de ne pas avoir trouvé une seule page blanche. Quand nous nous rasseyons, il nous demande de garder les yeux fermés et d'observer ce que la pratique a changé dans la perception de notre corps, et si elle a fait disparaître les tensions.

Tout le côté gauche du visage me fait mal parce que j'ai trop serré la mâchoire et je ne sais pas d'où vient cette chaleur insupportable.

13

La gynécologue veut savoir si j'ai perdu du poids. J'enlève mes chaussures et monte sur la balance.

Elle me demande de me déshabiller et de me coucher sur la table d'examen, puis elle appuie sur mon bas-ventre.

– Vous avez mal ? demande-t-elle.

– Pas du tout, dis-je.

Ses mains sont fines et agiles, aux ongles rongés. Elle enfile un gant en latex, met du gel sur la sonde et s'excuse parce que ça ne va pas être agréable. Puis, de sa main gantée, elle insère la sonde dans mon corps et la bouge lentement, veillant à ne pas me faire mal.

La table d'examen est à côté d'une fenêtre. Les stores sont baissés, mais l'orientation de leurs lames en plastique permet de laisser passer la lumière.

Je me demande ce que l'on voit de l'extérieur, si les locataires de l'appartement d'en face passent leur temps à regarder des femmes aux jambes écartées comme on contemplerait un beau paysage.

Une nébuleuse blanche apparaît sur l'écran du vieil ordinateur : la sonde continue son exploration, frottant contre le col de mon utérus et provoquant une légère sensation de nausée.

Puis l'instrument s'immobilise. Sur l'écran de l'échographe apparaît une tache noire : la gynécologue prend ses mesures en silence, en dessinant de petites croix sur les bords avec son curseur.

Nous sommes en train de regarder un de mes ovaires, m'annonce-t-elle, sa dimension est plutôt normale, tout est en ordre. Elle extrait la sonde, me tend une feuille de papier absorbant pour essuyer les traces de gel et me dit que je peux me rhabiller.

Ça fait six mois que je n'ai plus mes règles.

En enfilant mon pull et mon pantalon, je me dis que j'aurais pu faire plus attention à mes sous-vêtements, choisir une culotte moins délavée et un soutien-gorge assorti.

La gynécologue observe toujours les images imprimées sur le papier brillant : la nébuleuse blanche et les petites taches noires.

– Votre endomètre est normal, me dit-elle. Vos ovaires sont juste légèrement plus petits que la moyenne. Avez-vous suivi un régime pour perdre du poids ?

– Non.

– Avez-vous changé d'alimentation ?

– Non.

– Avez-vous vécu un événement traumatique ?

Paraît-il que mon organisme s'est déréglé. J'aurais dû le comprendre tout de suite. Au lieu de ça, j'ai pensé pendant des semaines que j'étais enceinte. Je faisais un test de grossesse tous les trois jours, soupçonnant le précédent de manquer de fiabilité.

Peut-être que le taux d'hormones de grossesse était encore bas, mais qu'il augmenterait les jours suivants. Ou que mes urines étaient diluées parce que j'avais trop bu. Une erreur, ça arrive, me disais-je.

Je faisais le test avec une rigueur maniaque. J'enlevais le bouchon de l'éprouvette avec autant de précautions que si je manipulais de la nitroglycérine, laissais la pointe absorbante sous mon jet d'urine pendant cinq secondes précises, puis posais le test sur une surface parfaitement horizontale. En attendant le résultat, j'imaginais le bordel que ça allait être pour Antonio, d'avoir deux enfants à naître à quelques mois d'écart.

Il y a dix-sept ans, peu avant Noël, je me suis évanouie dans le rayon surgelés d'un supermarché. Cette fois-là, le test avait été positif du premier coup. Mais nous étions jeunes et avions tellement de projets.

La gynécologue dit qu'il faut vérifier s'il s'agit d'un problème temporaire ou d'une ménopause précoce. Elle me prescrit un bilan hormonal et un régime plus riche en graisses.

Avant de partir, je lui signale que je ne suis pas prête, je veux que mes saignements reviennent.

Elle hoche la tête, comme pour signifier qu'elle comprend bien ce que j'entends par là.

– Revoyons-nous dans deux semaines avec le résultat de votre bilan, me dit-elle.

14

Au début, quand je parlais de mon mari, je baissais la voix : *mon mari*. C'étaient des mots délicats : tant qu'ils restaient en moi, ils étaient à l'abri.

Le docteur Martini est un homme gentil. Aujourd'hui, il m'a écrit pour me dire que tout allait bien et qu'Antonio pourrait bientôt sortir. Dans un autre message, il m'a demandé si j'avais réussi à dormir. Un peu, ai-je répondu.

Je n'ai pas ajouté que, parfois, la nuit, c'est comme si quelqu'un allumait une petite flamme au fond de ma poitrine et vidait dessus un bidon d'essence.

Une bouffée de chaleur monte jusqu'à mon cou puis redescend le long de mes bras. J'enlève mon pyjama à toute vitesse, comme s'il prenait feu.

Alors je me lève et vais lire des livres ou des

magazines de développement personnel sur le canapé, à la recherche d'idées pour le livre d'Aneeta. J'ai acheté un magazine de psychologie parce qu'un titre sur la couverture m'avait attirée : « Vingt-deux choses à faire pour améliorer le restant de vos jours. » Et un autre parce qu'il parlait des cinq erreurs à éviter pour une relation heureuse et durable. Je les ai toutes commises.

Dans un livre de psychologie, j'ai lu qu'on ne tombe jamais amoureux d'une âme, mais toujours uniquement d'un corps.

De temps en temps, des pensées absurdes me traversent. Si j'avais continué à protéger ces mots : *mon mari*. Si je les avais défendus, peut-être qu'ils n'auraient pas été mis en péril.

Je pense aussi à l'avortement. Certes, c'est une idée insensée, mais si je n'ai pas réussi à avoir d'enfant, c'est parce que j'ai été punie.

Le matin où je suis allée avorter, je me suis regardée de profil dans le miroir : mon ventre était plat comme une planche à repasser.

– Tu ne crois pas que je pourrais au moins boire un jus d'orange, ai-je crié en sortant de la douche.

– Non, vraiment pas, a répondu Antonio.

Il m'a rejointe dans la salle de bains et m'a serrée contre lui.

Le trajet en voiture s'est déroulé en silence. Après tout, qu'y avait-il à dire ? Antonio me tenait la main et, de temps en temps, il me souriait. J'avais mis une jupe courte sur mes collants épais. Il a caressé le tissu imprimé de losanges et m'a demandé si je n'avais pas froid : il bruinait et l'air était glacial.

Je n'ai pas à marcher longtemps, ai-je dit.

À l'hôpital, une infirmière nous a montré la chambre à deux lits où l'on allait m'installer. La fille qui occupait l'autre lit devait être mineure, elle n'arrêtait pas de s'excuser. Sa mère demandait : Tu t'es brossé les cheveux ? Tu as apporté ton manuel d'histoire ?

J'ai retiré ma jupe, mon pull, mes collants et mes sous-vêtements et enfilé une blouse bleue que l'infirmière a nouée dans mon dos. Antonio a rangé mes habits dans le placard qui m'avait été attribué. Puis je me suis couchée sur le lit et j'ai attendu. Je me sentais à une distance infinie des événements, comme si ce n'était pas moi dans ce lit, mais quelqu'un d'autre que j'observais.

Quelques jours plus tôt, un docteur nous avait demandé pourquoi nous ne voulions pas garder l'enfant. Il n'employait jamais le mot *avortement* mais utilisait un sigle signifiant « interruption volontaire de grossesse » : IVG.

Un autre terme que j'ai appris à cette occasion est *curetage*. Il s'agit de racler les parois de l'utérus pour éliminer tout résidu de tissu embryonnaire, nous a-t-on dit. Nous devions donc revenir sept jours plus tard pour le curetage et la visite de contrôle. J'ai demandé si on me donnerait une vignette à coller sur le pare-brise. Pendant toute la semaine, j'ai gardé les dents serrées jusqu'à avoir la mâchoire douloureuse, des ailes géantes et des serres s'agitaient dans mon estomac.

N'ayez pas peur. Vous ne sentirez rien, m'a-t-on assuré au bloc opératoire.

On m'a inséré une aiguille dans le dos de la main, je devais compter à voix haute. Mes pensées ont commencé à ralentir et se brouiller. Je regardais le poignet du chirurgien, apparent entre son gant et sa blouse : je vais soulever ma main et l'attraper pour qu'il arrête, pensais-je.

Mais mon bras ne réussissait pas à bouger et j'ai sombré dans le noir.

Le trajet de retour avec Antonio s'est également

passé en silence. Peut-être y avait-il encore moins à dire. À un feu, Antonio a cherché mon ventre, pour le caresser. J'ai repoussé sa main.

Pendant quelques mois, après ce jour-là, je ne lui ai pas permis de toucher mon ventre vide.

15

Antonio n'est pas dans sa chambre. Le lit a été fait, une forte odeur de désinfectant flotte dans l'air.

– Votre mari est en rééducation, m'explique-t-on, il en a pour une heure.

C'est son huitième jour d'hospitalisation. Depuis une semaine, j'arrive tôt le matin et reste jusqu'à ce qu'on lui apporte le déjeuner, puis je reviens dans l'après-midi pour ne repartir que le soir. Au début, je le lavais, je remettais son oreiller et son drap en place, je vérifiais qu'il n'avait besoin de rien.

Maintenant qu'il est en mesure de se débrouiller tout seul, je passe de nombreuses heures à lire et à regarder par la fenêtre le fleuve et les filles en train de courir dans le parc, les cheveux rassemblés dans une queue-de-cheval qui se balance à chacun de leurs pas. Les feuilles des arbres m'indiquent dans quel sens souffle le vent.

Certaines visites m'agacent, d'autres me soulagent : je m'excuse, et en profite pour aller à la cafétéria ou sortir téléphoner.

Rester là ne me procure aucun plaisir et n'est d'aucune utilité. Ce n'est qu'un temps immobile dans lequel se lover et se reposer. En ce qui me concerne, ça pourrait durer éternellement comme ça.

Demain, Antonio va sortir et je ne suis pas prête. Nous allons devoir inventer une autre langue commune, oublier de vieilles habitudes, en prendre de nouvelles.

Son téléphone est sur la table de chevet, écran retourné. Je pourrais profiter de son absence pour lire ses messages, chercher des traces d'Anna et de l'enfant.

En général, Aneeta me donne rendez-vous dans son cabinet et me demande d'être ponctuelle, elle case nos entretiens d'une heure entre deux thérapies. Beaucoup de gens sont prêts à dépenser une fortune pour bénéficier de ses conseils : des femmes en souffrance parce que leur compagnon n'est pas le bon.

Aneeta veut écrire un livre sur les mariages qui ne fonctionnent pas.

Nous en avons parlé hier, enfoncées dans les canapés de son cabinet, en sirotant de l'eau où flottaient des tubes de céramique filtrants. Pour être précise, c'est elle qui en parlait, tandis que je n'arrêtais pas de sortir mon portable. Il me semblait l'entendre sonner, et pourtant il était muet.

– Ça s'appelle *ringxiety*, angoisse de la sonnerie : entendre sonner un téléphone qui ne sonne pas. Nous devrions aborder ce sujet dans notre livre, a dit Aneeta. Les psychologues ont démontré que les gens qui en souffrent ont peur d'être quittés par leur conjoint.

– Quels psychologues ? ai-je demandé.

Elle a haussé les épaules.

– Si on veut l'écrire, il faudra savoir et citer les sources.

Alors qu'elle signait le chèque d'acompte, je lui ai dit que notre rencontre n'était peut-être pas fortuite. Elle a souri et m'a tendu le chèque.

– Arrête la caféine, lève le pied sur le sucre, a-t-elle dit. Bois beaucoup d'eau avec un pH alcalin. Ça t'aidera à aller mieux. Tu prends des psychotropes ?

– Non, ai-je menti.

– Tu respires mal. Je vais t'apprendre à respirer.

Puis elle m'a dit n'avoir jamais cru au hasard.

Antonio est de retour dans sa chambre après la rééducation. Il se sert d'une canne pour marcher parce qu'il n'est pas sûr de tenir sur ses jambes. Convaincu qu'il va se casser en morceaux d'un instant à l'autre, il se déplace lentement en soulevant sa canne et en l'utilisant pour mettre une distance entre lui et le monde.

– Tu as parlé avec le docteur Martini ? Il dit que tu sortiras demain.

Il regarde son téléphone sans me répondre, il vérifie qu'il n'a pas reçu de messages que j'aurais pu lire.

Aneeta affirme que toutes les émotions ressenties sont légitimes. Que je dois apprendre à les accueillir sans jugement, parce qu'elles sont vraies et qu'elles sont la partie la plus authentique de nous. Que je dois arrêter de me sentir en tort quand je suis triste ou en colère. Je lui réponds que je me sens surtout inhabitée.

– Je suis contente que tu rentres à la maison, dis-je.

– Arrête, dit-il.
– Arrête quoi ?
– Arrête, c'est tout.

Observer mes sensations et mes émotions comme si j'étais un simple témoin. M'arrêter avant qu'elles ne se transforment en actions, ou qu'elles ne s'assemblent pour former ma personnalité. Les réduire à un simple exercice d'hygiène et de catalogage.

Respirer.

Apprendre à les nommer.

Cette décharge électrique permanente, derrière mes genoux, est-ce l'envie de fuir ?

Cette matière compacte qui remplit mon cœur et mon estomac, est-ce de la haine ?

Le docteur Martini demande s'il peut entrer. Il approche en souriant et me donne l'ordonnance avec les médicaments que, à compter de demain, Antonio devra avoir à portée de main. La liste est longue. Avec une écriture oblique, il a précisé quand les prendre et leur dosage. J'essaie de déchiffrer, mais ne comprends pas un seul mot.

16

Il y a cette mansarde, au centre-ville, qu'Antonio louait à deux étudiants. Elle aurait besoin d'un rafraîchissement, mais elle est très lumineuse et donne sur la porte Palatine. Maintenant, elle est vide, les locataires sont partis. Ce pourrait être une solution temporaire, dis-je à Lucia qui vide son frigo pour le nettoyer. Son visage est pâle dans la lumière blanche du congélateur. Elle gratte la glace sur une boîte de petits pois surgelés pour trouver la date de péremption.

Une suite d'objets indéfinissables transite entre ses mains et finit à la poubelle.

– Ton frigo est dégueulasse, lui fais-je remarquer.

– Je sais, me répond-elle.

– Un journal. Tu as un journal dans ton congélo.

– C’est pour absorber les odeurs.

– Ça n’a pas l’air de marcher.

Elle me tend un pot de confiture. Je lui dis que le retour d’Antonio me tracasse. Sa présence me rappelle constamment l’échec pitoyable qu’est ma vie.

– Je pourrais m’installer là quelque temps, j’insiste en tournant le pot entre mes mains. Pourquoi tu mets de la confiture au congélo ?

– Je ne sais pas comment elle a atterri là.

– Tu sais, je crois qu’il n’éprouve plus rien pour moi.

– Ne sois pas si catégorique. Il a dégusté. Peut-être qu’il est encore sous le coup de la peur.

– Ce qu’Antonio éprouvait pour moi était dans la partie nécrosée de son cœur.

Lucia me regarde tandis que j’essaie en vain d’extraire le pot de confiture d’un bloc de glace. Je passe mes mains gelées sous l’eau chaude et j’étudie le contenu du pot.

– Tu crois qu’on peut encore la manger ?

– Moi, je n’essaierais pas.

Puis elle dit : Tu ne peux pas partir maintenant.

Je l’entends frotter un couteau contre la glace pour la détacher du serpentin.

– Lucia, tu vas le casser.

– Je fais attention.

Elle répète, en articulant bien : Tu ne peux pas partir maintenant. Il a failli y passer, tu ne peux pas faire ça.

Je suis surprise qu'elle se range du côté d'Antonio. Elle ne l'a jamais apprécié. Lucia déteste les premiers de la classe, ce sont les cancres qu'elle aime.

Agenouillée, assise sur ses talons, elle me regarde droit dans les yeux.

– Évite d'en parler à maman, s'il te plaît. Je dis ça pour ton bien.

Hier, maman et moi sommes allées au centre commercial. C'est sa manière de me soutenir : me demander de l'accompagner faire une course. Elle est comme ça. Après une dispute avec mon père, elle essayait de rétablir la communication en lui rappelant que le chauffe-eau était en panne et qu'elle ne pouvait pas prendre sa douche.

Elle raccourcissait les distances sans renoncer à la pudeur qui l'empêchait de nous prendre dans ses bras ou d'utiliser le mot *amour*.

J'aurais voulu avoir une mère *normale* : une mère qui me tienne la main, me console et me donne des conseils avisés. Les fois où j'ai essayé de le lui expliquer, où je lui ai demandé pourquoi elle avait tant de mal à être une mère comme les autres, elle a répondu que chacun était fait à sa façon.

– L'enfant. Tu l'as vu ? m'a-t-elle demandé alors que nous étions assises au snack du supermarché.

– Bon sang, maman. Non, je ne l'ai pas vu.

Elle s'est pincé les lèvres et a haussé les sourcils. Nous venions de finir nos omelettes.

– Histoire de voir s'il lui ressemble.

Je me suis mise à parcourir mes messages pour ne pas être obligée de lui répondre.

– Histoire d'avoir une preuve que c'est vraiment son enfant.

– Oh, je peux savoir pourquoi tu fais ça ? lui ai-je demandé.

– Ça quoi ?

Les gens à la table d'à côté fêtaient un anniversaire : ils étaient bruyants, les femmes n'arrêtaient pas de se lever pour aller aux toilettes, laissant sur leur passage un parfum de musc et de jasmin.

– Tu as vu ça ? Il y a des personnes qui fêtent les anniversaires dans les centres commerciaux, a-t-elle dit.

– Tu peux parler moins fort, s'il te plaît ?

– Il y a trop de bruit, ici. Il faut hurler pour s'entendre. En tout cas, il devrait demander un test ADN. S'il n'est pas assez intelligent pour y penser tout seul, dis-le-lui, toi. Tu sais que, dans un cas sur cinq, le vrai père n'est pas celui qui figure sur l'acte de naissance ?

Je lui ai dit qu'Antonio n'avait pas l'intention de reconnaître l'enfant puis lui ai demandé d'avoir la main moins lourde sur le sucre. Ma mère est une femme bien en chair. Elle a du diabète et ne fait pas du tout attention à ce qu'elle dit, pas plus qu'à ce qu'elle mange.

Après le café, j'ai inventé une excuse pour la raccompagner immédiatement chez elle. Sur le seuil, avant de me dire au revoir, elle m'a priée de lui envoyer un message.

– Juste pour me dire que tu es bien arrivée, comme ça je serai tranquille.

– Tranquille pour quoi ? J'habite à deux kilomètres d'ici.

– Ça te pèse tant que ça de m'écrire ?

Ma mère n'a jamais su pour mon avortement. Les premières années de mon mariage, elle me disait : Fais-toi mettre enceinte. De la même manière, quand nous avons acheté une maison, elle m'a dit : Prends-toi une bonne assurance.

17

Si vous avez besoin d'un conseil, n'hésitez pas, me dit la vendeuse. Je souris et hoche la tête. Au bout d'un moment, je demande combien coûte une des poussettes en vitrine.

– Neuf cent cinquante euros, répond-elle.

– Punaise.

– Nous en avons de plus abordables. Celle-ci est la plus chère.

Que signifie avoir un enfant ? Je n'en sais rien. Je ne peux pas comprendre, comme disent mes amies. Parce que je n'ai pas accouché, parce que je n'ai pas passé des nuits blanches à me demander si mon enfant avait des coliques ou faim ou froid ou peur, parce que je ne me suis pas mordu la langue pour ne pas dire : Attention ; parce que je n'ai pas été confrontée à la première babysitter, aux premières dents, à sa colère d'adolescent, à ses cris et à ses silences. Parce que si je veux m'en aller, je mets quelques affaires dans une valise et je m'en vais.

Quand sa fille est née, Lucia a pleuré pendant un an parce qu'elle ne dormait pas. Plus tard, à l'école, ma nièce était incapable de tenir en place comme tous les autres enfants.

– Les écoles privées sont plus tolérantes, lui avaient dit les institutrices.

– Je suis enseignante de yoga, avait répondu Lucia, je ne peux pas me permettre une école privée.

– Alors enseignez-lui la discipline.

La vendeuse s'approche de nouveau quand je retire une grenouillère à rayures de son cintre. Elle veut savoir combien de mois a l'enfant. Je lui réponds que je regardais juste comme ça.

Quelques années après mon avortement, quand nous avons envisagé d'avoir un enfant, nous n'avons pas réussi. On nous a dit que tout était en ordre, qu'il fallait juste être plus sereins. Je ne me souviens pas quand nous avons arrêté d'en parler.

Nous nous étions fait une promesse réciproque, mais les désirs se moquent des promesses : ils flamboient un moment, puis le temps les consume.

D'autres feux s'allument soudain, quelque part dans la chair, et le plus souvent ce n'est pas nous qui décidons quand ni comment.

Quand ma nièce avait quatre ans, je l'ai emmenée à la mer. Ma serviette était toujours pleine de sable et je rentrais hystérique de la plage. Mais le soir elle se blottissait sur mes genoux et m'entourait de ses petits bras bronzés. Je lui racontais une histoire et je plongeais mon nez dans ses cheveux. La nuit, je me levais pour aller dans sa chambre et approcher mon oreille de sa bouche : je voulais être sûre qu'elle respirait.

Pendant la grossesse d'Anna, j'imaginais son ventre s'arrondir. Je me demandais si elle avait pris du poids, si elle était devenue grosse et paresseuse, avec la peau tendue et grasse sous l'effet des hormones, ou si elle était restée maigre et souple comme dans mon souvenir.

Je me demandais si elle portait encore des jupes courtes et légères. Si elle se mouvait avec désinvolture : c'est le cas de certaines femmes, elles ont de petits ventres compacts auxquels elles semblent accorder peu d'importance, comme si c'était un colis qui avait accidentellement atterri sous leurs T-shirts moulants.

– Elle n'attend rien de moi, répétait Antonio.

Seule une imbécile pouvait le croire. Et moi j'y ai cru, parce que je voulais que ce soit vrai, plus que toute autre chose.

Mais quelques jours après la naissance de l'enfant, sur une photo de la page Facebook d'Anna, j'ai vu les mains d'un homme et je les ai reconnues.

Celle de droite était placée sous les reins de l'enfant, elle portait son poids, celle de gauche protégeait sa nuque et sa tête.

On ne voyait que ces mains, le reste n'apparaissait pas dans le cadre. Plus tard, ce jour-là, je lui ai demandé s'il y avait du nouveau.

– Non, a-t-il dit.

Je lui ai posé la même question le lendemain.

– Qu'est-ce qu'il devrait y avoir de nouveau ? a-t-il répondu.

– Alors ? Du nouveau ? ai-je demandé le troisième jour.

– On peut savoir ce que tu attends ?

J'espérais qu'il me le dirait. À quoi devais-je m'attendre ? J'étais sur le point de lui demander : Tu veux avoir une double vie ? Tu veux te débarrasser de moi ? Quels sont tes projets ?

Ce matin-là, en proie à la paranoïa, j'ai refusé

le café qu'il m'avait préparé, imaginant qu'il pouvait m'empoisonner.

Cependant, juste après, il est tombé de l'échelle. Anna et l'enfant sont passés au second plan. Aucun de nous n'en a reparlé.

Il m'est arrivé de penser que ce n'était pas juste. À tout le moins, ce n'était pas prévisible. Quand j'étais petite, on aurait pu croire que, des deux sœurs, j'étais celle destinée à devenir mère. Je construisais des maisons et cousais des vêtements pour mes poupées. Je les lavais, les coiffais, leur prenais la température, car – je l'avais compris – c'est ce que fait un parent : il élève des enfants propres, en bonne santé, comme il faut.

Les poupées de Lucia étaient toujours à moitié nues et avaient de la boue dans les cheveux. Lucia avait d'autres priorités : secourir un chat errant, mettre une attelle à l'aile cassée d'un moineau, rendre le monde plus léger et y intégrer une pincée de justice.

Mais, pareil à une bourrasque, le destin change souvent de direction : des fois, il conduit à des endroits inattendus, d'autres fois, il se contente de déchirer les voiles du navire.

Ma mère dit que c'est cruel que ma sœur soit devenue mère et pas moi. Je lui réponds que ce n'est pas cruel. Ce n'est rien.

18

La chaleur est insupportable et le taxi avance par à-coups. Si le chauffeur arrêtait de lorgner dans le rétroviseur central, qu'il gardait les yeux fixés sur la route et le pied appuyé sur l'accélérateur, le trajet serait moins désagréable.

Il passe un coude par la vitre ouverte et tend le cou pour humer l'air.

– Ça sent la pluie, dit-il.

Je pose une main sur le bras de mon mari, je lui demande comment il se sent. Je ne veux pas que ce fouineur aille raconter à la ronde que les Pichler sont un couple en crise.

Antonio est perdu dans ses pensées. Il se tourne vers moi et me regarde comme s'il était surpris de me voir.

La ville est déserte et le ciel gris et lourd. D'ici peu, il va pleuvoir des cordes, mais le chauffeur continue de nous épier dans le rétroviseur et roule de plus en plus lentement. Nous n'avons même pas de parapluie.

Nous empruntons des rues que je connais par cœur mais que je ne reconnais pas : immeubles cossus, frises et balcons arrondis, jardins bien entretenus. Tout est si propre et ordonné. Figé. Je me demande si Antonio ressent lui aussi cette distance vis-à-vis des choses ou s'il n'y a que moi.

L'orage éclate, soudain et violent, peu avant que nous arrivions à la maison. Un serveur bataille pour fermer les parasols d'une terrasse que le vent risque d'emporter.

Deux adolescents se réfugient sous une porte cochère.

Un drap blanc, mis à aérer sur un appui de fenêtre, prend la pluie.

En se rangeant le long du trottoir, le taxi roule dans une flaque et fait jaillir des éclaboussures d'eau noire.

Les formalités pour la sortie d'Antonio ont été plus longues que prévu. Martini n'en finissait pas de faire des recommandations et, à un moment donné, j'ai dit : Je vous laisse bavarder, et je suis allée saluer les infirmiers.

À mon retour, mon mari et le docteur se disaient au revoir en se serrant la main.

Quand Martini m'a regardée, je lui ai dit : Nous ne vous remercierons jamais assez pour ce que vous avez fait.

Pourquoi l'ai-je vouvoyé ? Qu'avais-je à cacher ?

Je paie la course pendant qu'Antonio sort à la hâte, monte les marches et ouvre la porte. J'ai encore déplacé les meubles, il ne va pas être content.

C'est une vieille habitude. La maison se transforme en son absence : quand il rentre de Milan, il ne retrouve plus rien et passe son temps à me demander où sont ses affaires. Dernièrement, il a aussi du mal à supporter mes listes disséminées n'importe où, bien qu'il finisse toujours par les lire. Autrefois, il disait que j'étais farfelue, maintenant il dit que je suis maniaque.

Hier soir, de retour de l'hôpital, j'ai acheté un sandwich que j'ai mangé debout, sur le seuil de notre chambre, en réfléchissant aux changements à apporter. Puis, j'ai enfilé un survêtement et j'ai commencé à pousser le lit, le placard et la commode dans toutes les directions avant de trouver une disposition satisfaisante. J'ai arraché de leurs cintres les vêtements qu'Antonio m'a offerts et les ai jetés par terre. Son fauteuil a atterri dans le jardin, sous la pluie. J'ai trouvé quelques vieilles lettres et les ai déchirées, sans même les déplier. Je n'avais aucune envie de connaître leur contenu, aucune curiosité. J'ai pris les photos encadrées et les ai fait valser dans un carton. À chaque bris de verre, je me suis sentie un peu plus soulagée. Les livres et les souvenirs de voyage ont fini dans un sac-poubelle.

À deux heures du matin, les voisins ont tapé du poing sur le mur pour me faire comprendre qu'il était temps d'arrêter.

Ce matin, je me suis réveillée avec un horrible mal de dos et le cou bloqué. Une lumière métallique et une odeur d'humidité, de terre et de bitume entraient par la fenêtre ouverte.

J'avais dormi sur le tapis, couchée sur le côté. Je ne m'en souvenais pas, mais je devais m'être endormie en feuilletant l'album photo que j'ai retrouvé ouvert à côté de mon visage. Je me suis regardée dans la glace : j'avais une tête épouvantable. J'ai étalé une couche de correcteur de teint sur mes cernes et j'ai achevé ma tâche. Je voulais que, à son retour, Antonio trouve une chambre stérilisée de tout souvenir.

Le voilà qui pince les lèvres, ferme les yeux et siffle : Bon Dieu, Claudia.

Il va dans l'autre pièce, je n'entends aucun bruit. Pas un déplacement, rien. L'orage passe, par une fenêtre ouverte j'entends la chute lente de l'eau sur les feuilles. Il m'a suffi de traverser le trottoir pour avoir les cheveux trempés. Au bout d'un moment, Antonio ouvre la porte qui donne sur le jardin : je reconnais son grincement. Il doit avoir découvert son fauteuil : la pluie l'a sans doute déjà détruit.

Je vais sur le seuil et le vois assis dans son fauteuil, sous la pluie, la tête entre les mains.

La valise que j'ai rapportée de l'hôpital encore à la main, je pense aux jours à venir, à combien il sera difficile de réparer quelque chose d'aussi cassé que notre mariage. Jusqu'à ce que l'un de nous deux, lui probablement, déclare que ça n'en vaut pas la peine, qu'il n'y a plus rien à faire, car la destruction de certaines choses est définitive et que la seule solution consiste à ne plus s'acharner, à en prendre acte et les jeter.

Pendant quelques instants, j'essaie d'imaginer ma vie sans lui. La tension me fait serrer la mâchoire et je me mords involontairement la langue. J'avale ma salive, elle a un goût de sang. Je retire mon alliance et la glisse dans la poche arrière de mon jean.

19

J'ai repoussé la couverture au fond du lit puis j'ai voulu entrouvrir la fenêtre, mais les chats font un vacarme insupportable. Il doit y avoir une portée quelque part : je les entends miauler toute la nuit et rôder dans le jardin comme une bande d'affamés. Il va falloir que je les déniche avant que le chien des voisins s'en charge. Et puis que je les fasse vacciner, stériliser, que je leur cherche des familles d'accueil.

Je ne sais pas ce qu'Antonio trouve à ces chats sauvages : à part un, tricolore, une femelle je crois, ils ne se laissent même pas caresser.

Je m'approche de mon mari et le regarde dormir. Il est couché sur le côté gauche. Son bras droit, abandonné dans une drôle de position, ressemble à l'aile cassée d'un gros oiseau. Je continue de me demander où sont passés ses muscles et sa chair.

Ce que sont devenues sa lumière et ses couleurs. On dirait une version en noir et blanc de l'homme que j'aimais.

Après l'accident, il a commencé à ressembler à son père. Mon beau-père est un homme taciturne, miné par on ne sait quoi.

Je crois qu'il aime son fils, mais qu'il ne se sent pas à la hauteur. Il l'écoute parler en silence, l'air intimidé – ou peut-être est-ce du ressentiment –, le front plissé.

Cette même ride est apparue entre les sourcils d'Antonio. Comme l'empreinte d'un souci ou d'un malheur.

Un courant d'air frais entre par la fenêtre et le bras d'Antonio se couvre de chair de poule. J'espère qu'il ne va pas se réveiller et cherche un pan de drap libre pour le rabattre délicatement sur sa peau nue.

Mes doigts sentent le tabac. Combien de cigarettes ai-je bien pu fumer aujourd'hui ? Au moins dix. À chaque geste, ma main laisse un sillage de tabac froid et de cendre.

Toute la journée, Antonio et moi avons essayé de nous éviter. Quand il entrait dans la cuisine, je trouvais quelque chose à faire dans la chambre, s'il allait dans la chambre je faisais le ménage dans le salon ou bien je sortais fumer ou chercher les chats. Nous avons dîné devant la télévision pour ne pas être obligés de parler.

Je m'approche un peu plus et le renifle. Sa peau sent le savon et la maladie, quelque chose qui évoque le dissolvant pour les ongles. Je ne reconnais même plus son odeur.

Cet homme qui m'était si familier et nécessaire, comme une partie de mon corps, m'est devenu étranger. Quand je le regarde, j'éprouve une douleur physique, comme si j'étais mutilée.

Le jour où il m'a dit que sa maîtresse était enceinte, il est reparti sans rien ajouter, en regardant la pointe de ses chaussures. Les jours suivants, nous nous en sommes tenus à une communication minimale. Quand je pleurais, il me souriait d'un air coupable et me caressait en silence les cheveux et le dos.

Puis, un soir, je l'ai retrouvé debout sur le seuil de la cuisine : il regardait la pièce, les bras croisés et une épaule appuyée contre l'encadrement de la porte.

– Que dirais-tu d'acheter une cuisine neuve ? a-t-il demandé.

Il voulait me faire comprendre que rien n'allait changer. Nous allions nous acheter quelque chose et notre vie continuerait comme avant, mieux qu'avant, avec un four équipé d'un ventilateur digne de ce nom et un lave-vaisselle performant, et ce petit incident serait oublié.

Je n'en voulais pas, de sa cuisine à la con. Je ne savais pas quoi en faire, de cette cuisine qui, de toute façon, serait en pierre, de même que les autres pièces de la maison s'étaient transformées en pierre, et les rues, les gens. Je voulais seulement qu'il me demande pardon.

C'était la seule chose qui aurait pu nous éviter d'en arriver là.

Je l'observe encore dormir. À chacune de ses inspirations, ses épaules se soulèvent à peine, ses paupières sont agitées par un frémissement léger et constant, comme si elles avaient du mal à rester fermées. Ses doigts aussi ont de petits mouvements involontaires.

Soudain, il ouvre les yeux et voit mon visage à quelques centimètres de son nez.

– J'ai besoin de dormir, Claudia, me dit-il. Dors un peu, toi aussi.

Il m'attire doucement à lui et me fait me coucher sur le lit, le dos contre sa poitrine. Je sens son souffle sur ma nuque. Il me prend la main et entremêle ses doigts aux miens. Je frissonne : il tire le drap de sous nos corps pour me couvrir et m'enveloppe dans son étreinte. Il en faut si peu pour chasser la colère.

Au réveil, quelques heures après, Antonio me prend par les poignets et me regarde droit dans les yeux : Écoute, si on continue comme ça, on fonce droit dans le mur.

Je sens mon visage s'empourprer et un gémissement sort de ma gorge.

– Si on n'essaye pas de se pardonner l'un l'autre, on fonce droit dans le mur, me répète-t-il.

Il doit y avoir réfléchi cette nuit, car tous les deux nous nous sommes tournés et retournés dans le lit pendant longtemps. Il a des cernes et l'air épuisé.

Certaines nuits font vieillir plus que d'autres.

On se réveille le matin avec les yeux plus enfoncés, les traits du visage plus chiffonnés.

Je suis persuadée qu'en l'absence de ces accélérations soudaines, il serait plus facile d'accepter le temps qui passe.

De mon pouce et de mon index, je caresse le pendentif en quartz que Lucia m'a offert. Elle dit qu'il m'aidera à apaiser mes émotions.

– Tu es encore amoureux de moi ? je lui demande.

L'air qui entre par la fenêtre est humide. On entend les chats se bagarrer au loin. Je regarde de l'autre côté de la vitre et les vois qui se poursuivent dans le jardin.

– Pourquoi je serais là, sinon ?

– Je veux t'entendre dire que tu es amoureux de moi.

Il a un instant d'hésitation. Un instant seulement. Je dégage mes poignets de ses mains et me lève brusquement. J'allume la radio : pour moi, la conversation est terminée.

– Moi, je n'ai rien à me faire pardonner, lui dis-je.

Antonio lève les yeux et le menton vers le plafond. Il expire bruyamment entre ses lèvres pincées.

– Tu n'y mets vraiment pas du tien, Claudia.

Il sort de la pièce. La porte se referme derrière lui.

Plus tard, je lui laisse un post-it sur la table du petit déjeuner.

Essayons.

20

Mais, dans l'après-midi, débarque Maria, son chien de garde. Antonio lui dit que c'est vraiment gentil à elle d'être venue, qu'elle n'aurait pas dû se déranger pendant son jour de repos.

Elle répond qu'elle est seule et que, ses jours de repos, elle ne sait pas quoi faire.

Maria a pris un train de Milan et la voilà avec une boîte pleine de pâtisseries, dont il serait bon qu'Antonio se tienne à distance.

J'essaie d'être cordiale avec les invités d'Antonio et de me montrer reconnaissante à l'égard de leurs attentions, mais cette femme m'énerve. Peut-être parce qu'elle sait tout de lui, alors que moi j'ai l'impression de ne plus rien savoir.

Je lui fais la bise : son parfum sent bon, il contient peut-être de l'ambre, on dirait qu'il émane des grosses perles en toc attachées à ses oreilles par des clips. Elle a l'air un peu perdue : ce ne doit pas être facile de venir ici et de faire comme si de rien n'était.

Une fois, Antonio m'a dit que Maria avait un problème avec la nourriture. Sur sa robe bleue, juste au-dessus de la poitrine, il reste des miettes de brioche.

– Merci, mais il ne fallait pas, lui dis-je en prenant les pâtisseries avant d'aller préparer le café.

Dans la cuisine, la radio est encore allumée. Je remplis la cafetière, règle le feu au minimum, ouvre le frigidaire pour prendre le lait, mais ne trouve qu'une brique périmée depuis une semaine. Je bouge au ralenti. Je n'ai aucune envie, *aucune envie*, de rejoindre Antonio et Maria dans le salon.

Je sors mon téléphone de la poche arrière de mon jean et mon alliance roule entre mes pieds. Je la ramasse et la range dans le tiroir à couverts, je lui trouverai un endroit plus tard. Adossée au frigo en attendant que le café coule, je cherche le numéro de Martini et ouvre son profil WhatsApp puis le ferme aussitôt, comme s'il pouvait me prendre sur le fait. La cafetière commence lentement à gargouiller. Je rouvre le profil WhatsApp, écris deux mots, les efface et ferme. Je rouvre, tape et efface. Et puis j'écris : Hey.

Et, dans un autre message : Alors, salut.

Aucune envie.

Je baisse le son de la radio et tends l'oreille vers la porte pour entendre ce qu'ils racontent. Ils parlent doucement, mais je comprends qu'ils discutent de l'enfant et du cœur d'Antonio : trop de stress, dit Maria.

Et puis je l'entends dire : Anna et Pietro vont bien.

Alors, d'un bond, je m'éloigne de la porte. J'ai le vertige et un élancement violent traverse mon ventre. Appuyée au plan de travail, je retiens mon souffle en m'efforçant de rester debout. Un instant seulement avant que mes poumons explosent, j'ouvre grand la bouche pour aspirer de l'oxygène, comme si je remontais des profondeurs sous-marines.

Je quitte la maison au pas de course, en laissant la cafetière sur le feu.

Une demi-heure après environ, je me retrouve dans le parc du Valentino. J'ai une sensation bizarre dans les hanches. Mes pas sont raides et mal assurés, mes pieds hésitants sur le bitume. Je me dis que je ne peux pas m'effondrer, mes cheveux sont sales : je m'imagine dans un lit d'hôpital, les cheveux collés au front et l'air négligé.

Je marche un peu le long du fleuve et m'arrête

sous l'auvent d'un embarcadère : des chaises empilées les unes sur les autres et des ampoules accrochées à un fil électrique, une table en bois écaillé et des bouteilles de bière vides dans un coin, un paquet de Marlboro encore plein de cigarettes détrempées.

Je prends une chaise du haut de la pile, l'essuie de ma main, qui devient noire de poussière. Je m'assieds et passe un temps infini à regarder l'eau sombre et huileuse, à humer son odeur.

Je les hais d'avoir violé mon espace. Je hais Maria, qui est venue chez moi me rappeler que cet enfant existe. Il a un prénom et il a rendu mon passé insuffisant et mesquin.

Je reviens quelques heures plus tard. Le gaz a été coupé, mais la cafetière est fichue. La poignée a fondu et une forte odeur de plastique brûlé flotte encore dans l'air.

Le docteur Martini n'a même pas répondu à mon message.

21

Aneeta dit que les campagnols des prairies gardent la même partenaire toute leur vie. L'hormone qui les rend fidèles est la vasopressine : ces campagnols possèdent des récepteurs de vasopressine très développés. Ils ont des orgasmes complexes, et leur premier accouplement dure vingt-quatre heures d'affilée.

Les campagnols des montagnes, à l'inverse, changent en permanence de partenaire. Ils ont des niveaux de vasopressine bas et des coïts de moins d'une minute.

Je dis à Aneeta que j'ai besoin d'une pause. Mais elle insiste : Ça marche aussi comme ça chez les humains. C'est une question de génétique. Les hommes qui ont des récepteurs de vasopressine développés sont plus fidèles, dit-elle.

– Je ne sais même pas ce que sont les campagnols.

– Ce sont des rongeurs.

– Des rongeurs.

– Je veux dire que l'infidélité peut être déterminée par les taux d'hormones. Les êtres humains sont un peu plus complexes au niveau biologique, c'est sûr. Mais leur système nerveux n'en est pas moins fortement influencé par les hormones.

Il y a deux jours, je lui ai rendu les cinquante premières pages du livre : je lui ai demandé de les lire et de me dire ce qu'elle en pensait. Ce matin, elle est venue ici me les rendre. Elle les trouve bien, mais a eu du mal à s'y reconnaître, alors elle a fait quelques petites modifications.

Les pages sont bourrées de corrections à la main. Elle a dû passer les quarante-huit dernières heures à consulter le dictionnaire des synonymes.

Ça m'est égal : ce que j'écris ne m'appartient pas.

Aneeta consulte sa montre. Bon, dit-elle, laisse-moi t'aider à te détendre.

Nous sommes dans mon bureau. Elle me demande de me coucher sur le tapis. J'ai les jambes pliées, les pieds posés sur le sol. Le soleil arrive droit sur mon visage, Aneeta tire les volets et s'assied à côté de moi. Elle pose une main sur mon abdomen. Sa main est chaude et me procure une sensation agréable. Pendant quelques instants, je reste hypnotisée à regarder mon ventre qui se gonfle et se dégonfle sous ses doigts.

– Ferme les yeux. Et respire la bouche ouverte.

J'essaie, mais rapidement, ma tête tourne tant que je crains de m'évanouir.

– Je me sens très mal, dis-je. J'ai l'impression de tomber.

– Tu es déjà par terre.

– J'ai envie de vomir.

– Si tu vomis, on nettoiera.

– Je ne veux pas vomir. J'ai toujours eu peur de vomir.

– Chut. Respire.

– J'ai des fourmis dans les mains.

– Respire.

– Et la moitié du visage paralysée.

– Respire. Respire. Respire.

Soudain, les pleurs jaillissent de moi, si violents que je dois mettre une main devant ma bouche. J'ai peur qu'Antonio m'entende. Mais il y a une déchirure d'où débordent mes larmes et mes sanglots. Le plus étrange, c'est que je ne pense à rien. C'est mon corps qui pleure. Je sens mes jambes et mes bras pleurer. Ma peau, mes os, mes organes internes et même mes cheveux pleurent.

– Très bien, dit Aneeta. Très bien.

Hier, je suis allée me coucher avant le dîner. J'étais dans tous mes états. J'ai dormi toute la nuit et j'ai rêvé du docteur Martini. Mais aujourd'hui je suis épuisée.

– Je suis toujours fatiguée, dis-je à Aneeta.

Elle me dit que la souffrance produit des toxines et que mon corps est aussi intoxiqué que si je ne m'étais nourrie que de hamburgers et de frites pendant six mois.

– Bois un jus de carotte à jeun tous les jours : ça te fera du bien.

Ce matin, Antonio a trouvé mon alliance dans le tiroir à couverts et l'a posée sur ma table de chevet. Sous la bague, il y avait le post-it avec écrit *Essayons.*

Je l'ai laissé là.

Maintenant que mes sanglots se sont apaisés, je l'entends trafiquer dans le salon. Voilà le bruit de la poire qui gonfle le brassard du tensiomètre et celui de l'air dans la soupape.

Il passe son temps à se prendre le pouls et continue de marcher avec cette canne ridicule qui ne lui sert à rien.

Il a même acheté des pantoufles. Il n'en avait jamais porté jusque-là.

– Elles sont affreuses, lui ai-je dit.

– Et alors ? Je ne vais pas à un défilé, a-t-il répondu.

J'ai besoin de savoir ce que le docteur Martini pense de l'hypocondrie d'Antonio. En cherchant son numéro, je me rappelle que dans mon rêve je ne portais pas de vêtements. Quand il décroche, je me sens devenir écarlate.

DEUXIÈME PARTIE

1

Il me demande de laisser la lumière allumée, mais ensuite il fait l'amour les yeux fermés.

Nous avons monté à pied les quatre étages et sommes entrés chez lui le souffle court. Je me suis essuyé la lèvre supérieure et le front avec la manche de mon chemisier. J'ai fait glisser mon sac de mon épaule pour le poser dans un coin. La fenêtre ouverte laissait entrer le bruit de la rue, quelqu'un passait en riant.

Dans l'appartement, il n'y a pas un rideau. Sur la table, il reste encore des biscuits, une tasse avec un fond de lait, un cendrier plein. Les jeux de son fils sont éparpillés par terre, à côté d'une paire de baskets et de chaussettes sales.

Je me suis concentrée sur la fine ride au coin de ses lèvres.

Il effleure brièvement ma bouche puis retire sa main. Il me caresse le visage et les cheveux avant de recommencer à m'embrasser, à sa manière hésitante, comme pour me tester. Il déboutonne mon chemisier et glisse sa main sous le tissu, cherche l'agrafe de mon soutien-gorge. Il enlève son T-shirt, on dirait un gamin, dans la pénombre sa peau est presque lumineuse. Mes mains se promènent sur ses bras et son torse : ses muscles se contractent au contact de mes doigts. Il m'attire à lui, sa langue a un goût d'alcool et de réglisse.

Dès la première fois que je l'ai vu, j'ai désiré qu'il ait envie de moi. Devant la glace, j'ai essayé de me regarder avec ses yeux. Mais maintenant les manches de mon chemisier glissent sur des bras qui ne m'appartiennent pas, ces mains qui défont la boucle de sa ceinture et ouvrent sa braguette ne sont pas les miennes.

Je me demande s'il s'en aperçoit et si, au fond, il en a quelque chose à faire. Il me caresse les hanches et me soulève sans effort. Je suis faite de plumes et de papier.

Je parcours encore la courbe de ses épaules et de son dos, tandis qu'il explore mon corps sans aucune impatience, comme si j'étais là depuis toujours. Je voudrais lui parler, mais ne trouve rien à dire. L'intimité de nos habits jetés en vrac sur un fauteuil est pour moi un étonnement. Une de mes fesses atterrit sur la télécommande, j'écrase involontairement un bouton, la télévision s'allume.

Apparemment, il va pleuvoir. Nous faisons l'amour sur fond de rires et d'applaudissements d'un sitcom.

Au retour, j'appellerai un taxi. S'il propose de me raccompagner, je déclinerai et lui demanderai s'il est fou.

Aneeta dit que je ne sais pas être dans le présent, que je me laisse distraire par des détails insignifiants pour éviter d'accueillir le présent. Et puis elle dit que je passe mon temps à regretter ou à espérer. Qu'est-ce qui pourrait me plaire dans le présent ? lui ai-je demandé. La vie, a-t-elle répondu.

Il me caresse les cuisses, écarte mes genoux pour s'aménager un espace et entrer en moi. Il a réussi à éteindre la télévision. Une voiture passe, radio allumée, puis on n'entend plus que le bruissement du vent et le bruit que fait son souffle en traversant les muscles contractés de sa gorge.

Je ferme enfin les yeux et j'arrête de penser, mon corps tout entier se liquéfie lentement.

Après, je lui dis que j'ai froid.

– Tu veux une couverture ?

Je le retiens d'une main et lui demande de ne pas se lever.

S'il s'éloigne, s'il me laisse seule ne serait-ce qu'un instant, nous redeviendrons deux étrangers.

– Quelle heure est-il ? je demande.

Martini m'embrasse sur la tête et tend un bras vers les habits entassés sur le fauteuil. Il sort son portable d'une poche de son pantalon. Quelques pièces de monnaie et un briquet en plastique tombent par terre.

– Un peu plus de minuit, dit-il.

Alors je lui dis que c'est mon anniversaire.

– Tu es mon cadeau d'anniversaire.

Le chien des voisins aboie quand, plus tard, j'essaie d'ouvrir la porte sans faire de bruit. Le quartier est désert et silencieux, presque effrayant. Une rafale de vent agite les feuilles des platanes, je sursaute et me tourne. J'entre le cœur battant à tout rompre et je referme derrière moi.

J'enlève mes chaussures et me dirige vers la salle

de bains sans allumer la lumière. Je me déshabille et jette mes habits dans la corbeille à linge. Je renifle ma peau mais n'arrive pas à sentir son odeur. Je passe du déodorant en stick sur mes bras, mon cou et mes cuisses. Je vais me coucher. Antonio dort sur le côté, enroulé dans le drap.

Au lit, je repense à ce qui s'est passé mais seules des images décolorées me viennent, comme des photos floues. Je me tourne moi aussi sur le côté et plonge ma tête entre les omoplates de mon mari.

2

– À quelle heure tu es rentrée hier soir ?

– Tard.

– Je ne t'ai pas entendue. J'avais de la tension, ce matin. Il vaut peut-être mieux que je mange juste quelques fruits.

Antonio va bientôt appeler le médecin pour lui parler de sa douleur à la poitrine et de son souffle court, de sa respiration affaiblie.

Il y a des boîtes de médicaments partout. Antonio sort les plaquettes et les notices, puis les laisse traîner.

Il est huit heures du matin et il a déjà utilisé ce fichu tensiomètre.

La nuit, il y a une trêve. Nous dormons côte à côte, parfois main dans la main. La pénombre neutralise le poison. Le matin, nous recommençons à nous intoxiquer.

Soudain, un bruit de branches cassées arrive du jardin. Je tends le cou vers la fenêtre.

– Ce sont les chats, dit Antonio.

Je me lève pour mieux voir.

– Tu es sûr que personne n'est entré ?

Antonio hausse les épaules, comme pour dire qu'il s'en moque.

C'est devenu un mouvement habituel. Parfois, je soupire et il fait semblant de ne pas s'en apercevoir. D'autres fois, je l'agace volontairement avec mes questions pour sentir sa colère monter, le mettre à l'épreuve : je le pousse à sa limite car j'ai besoin d'être sûre qu'Antonio est prêt à rester avec moi, même si je suis odieuse. Mais il plisse les yeux, hausse les épaules et change de pièce.

Maintenant, il dit : Tu as vu le grenadier ? On dirait qu'il s'affaisse. Tu as vu son tronc ? Il y a une crevasse qui n'y était pas avant. Ce doit être un parasite, il faudrait que tu appelles le jardinier.

Une voix basse et sinistre, que je ne reconnais pas, sort de ma gorge : Tu n'es pas en état de passer un coup de fil ? Je ne suis pas ta secrétaire.

Il ferme le journal qu'il feuilletait et me regarde d'un air surpris. Je suis désolée d'avoir parlé sur ce ton, qui ne me ressemble pas. Pour compenser, je lui demande si je peux lui préparer quelque chose.

– Je n'ai envie de rien. Je t'ai dit que je ne mangerai que des fruits, rétorque-t-il en se laissant aller contre le dossier de sa chaise.

Je me rassieds, je me sers du lait dans une tasse et m'efforce d'être plus agréable.

– J'ai commencé à faire de la méditation, dis-je.

Son visage se crispe.

– Ça a l'air de te faire du bien.

– J'irai tous les jeudis matin. Et aussi les mardis soir.

Antonio hoche la tête et retrousse les manches de son pyjama.

– Il fait déjà chaud.

– Le mardi soir, ne compte donc pas sur moi.

– Aucun problème.

– Je te préparerai quelque chose avant de sortir.

– Je t'ai dit qu'il n'y avait pas de problème. Vraiment.

– Aujourd'hui, je vais à la mer avec Lucia.

– Vous allez avoir des embouteillages. On dîne avec Giulia et Bruno, tu te souviens ? Rentre à temps.

Il coupe une pomme et une banane en tout petits morceaux. Il bouge au ralenti, comme s'il était épuisé et devait faire un gros effort de mémoire pour se rappeler comment on se sert d'un couteau.

– Hier, j'ai appelé le docteur, dit-il.

– Tu l'as aussi appelé avant-hier et il y a trois jours.

– Si ce n'était pas un abruti et qu'il savait répondre à mes questions, je ne serais pas obligé de l'appeler en permanence.

Je rougis et me lève brusquement. Je sens que quelque chose a changé, mes muscles sont plus forts et mon regard plus téméraire. Ce matin, je me suis réveillée tôt, j'ai pris une douche et, avant de sortir marcher, je me suis longuement brossé les cheveux et j'ai mis du fond de teint, du mascara et de l'eye-liner.

Qu'est-ce que tu lui trouves, à ce type ? dirait ma mère au sujet de Martini. Alors je lui expliquerais ce que je me trouve à moi, à travers ses yeux.

En me levant de ma chaise, j'ai renversé le lait sur la table. Je l'éponge avec la serviette, mais une partie coule par terre. Je m'agenouille pour l'essuyer et, en frottant le carrelage avec des gestes nerveux et machinaux, je lui dis que Martini n'est pas du tout un abruti.

– Tu es vivant, Antonio, lui fais-je remarquer. Ce n'était pas gagné d'avance.

Antonio reste le regard fixé sur son assiette. Je m'agite autour de lui pour finir de nettoyer. J'ai une bouffée de chaleur insupportable, des gouttes de sueur coulent sur mon front et dans mon cou, alors j'enlève rageusement mon pull, faisant voler de la poussière scintillante dans le rayon de soleil qui traverse la pièce. Mais il ne lève pas les yeux de cette stupide assiette de fruits. Ses mains se serrent autour des couverts, si fort que je vois sa peau se tendre et ses articulations blanchir.

– Il faut qu'on fasse vacciner les chats, dis-je. Qu'on leur trouve des familles d'accueil.

De la maison des voisins parviennent les notes hésitantes d'un piano : quelqu'un a commencé à prendre des cours de musique, toujours les quatre mêmes accords depuis des jours. Une fenêtre claque dans le salon. Nous restons immobiles, aucun de nous deux ne se décide à aller la fermer.

– Où tu as dit que tu étais, hier soir ? demande-t-il sans se retourner.
– Je ne l'ai pas dit.

3

Je suis tendue. Ma vieille Mini est une anomalie dans le flot de camions qui roulent sur l'autoroute. Chaque SUV qui nous double pourrait nous engloutir. Les vitres sont ouvertes. Je demande à Lucia si elle a quelque chose pour que je m'attache les cheveux, elle fouille dans son sac et me passe un élastique qui ressemble à un cordon de téléphone.

– On ferait mieux de remonter la vitre, dit-elle. J'ai les tympans qui éclatent.

Nous longeons des forêts de hêtres et de sapins et dépassons une voiture en panne sur la bande d'arrêt d'urgence. Je la regarde rapetisser dans le rétroviseur jusqu'à ce qu'elle disparaisse.

Enfants, nous avons fait ce trajet des milliers de fois, moi les yeux fixés sur la route, mes épaules maigres coincées entre les deux sièges avant, Lucia recroquevillée sur la banquette arrière, en train de feuilleter des magazines. De temps en temps, papa s'arrêtait pour que je puisse vomir. Lucia sortait de la voiture et allait compter les insectes écrasés sur les phares.

– J'ai fait l'amour avec un autre homme, lui dis-je.

Lucia se tourne pour me dévisager, mais je fais mine de rien : je reste concentrée sur la route, j'ajuste la position du rétroviseur.

– Qu'est-ce que tu as dit ?

– Tu as parfaitement entendu.

– Bon Dieu. Tu étais inconsolable, à l'article de la mort, et maintenant tu me dis que tu t'es envoyée en l'air avec un autre. Avec qui, d'ailleurs ?

– Tu ne le connais pas. Je l'ai rencontré dans mon quartier.

– Dans ton quartier.

– Oui.

– C'était bien ?

– Différent.

Nous restons un moment silencieuses, nous mordant les lèvres pour ne pas rire.

– C'est différent de faire l'amour avec quelqu'un dont on n'est pas amoureux, dit-elle.

– Très différent.

– Il faut se concentrer sur les détails.

Depuis six ans, tous les mercredis, Lucia couche avec son ex-mari, qui s'est remarié et a eu deux autres enfants. Elle dit qu'elle aime ses cheveux. D'autres fois, elle dit qu'elle fait ça parce qu'elle est flemmarde : être la maîtresse de son ex-mari présente l'avantage de lui assurer d'avoir des orgasmes et de lui épargner les tracas qu'un homme célibataire lui donnerait, par exemple se sentir obligée de lui proposer de rester et ensuite se réveiller en pleine nuit à côté d'un type qu'elle connaît à peine.

Avec son ex-mari, tout est simple : ils font l'amour, ils parlent de leur fille qui est partie faire ses études à Londres, puis chacun rentre chez soi.

Dans nos dictionnaires intimes, le mot *amant* prend des sens différents. En ce qui me concerne, l'amant est celui qui n'était pas là avant et qui, maintenant, raccommode mes déchirures, me répare.

Lucia veut tout savoir. Elle me demande si c'est encore un intello égocentrique qui baise en parlant de Kant ou si j'ai enfin changé de rayon.

– Les intellos ne baisent pas en parlant de Kant !

– Un de ces mecs qui n'acceptent de te tringler que si tu peux réciter des passages de Gadda.

– Ça va pas, non ? D'où tu sors des idées pareilles ?

Elle me demande si c'est du sérieux ou si je voulais juste prendre l'air. Elle veut connaître les détails.

Elle me rappelle tous les hommes que je n'ai commencé à aimer qu'une fois qu'ils m'avaient quittée.

Je lui dis que sa mémoire est défaillante, mais elle insiste. Mes amants m'ont toujours renvoyé une image de moi dans laquelle j'avais du mal à me reconnaître, dis-je.

Nous éclatons de rire et j'ai les yeux brouillés, si bien que nous ratons la sortie, il nous faut prendre la suivante et repartir dans l'autre sens en empruntant un chemin caillouteux : les suspensions de la voiture sont catastrophiques, nous tressautons sur nos sièges comme prises de convulsions.

Nous nous garons enfin. Pour atteindre la plage, nous devons marcher un kilomètre sur le bord de la route qui longe la mer, les voitures arrivent dans notre dos, elles passent à toute allure en déplaçant des bouffées d'air chaud qui nous frôlent et soulèvent la jupe de Lucia. Elle ouvre la marche, je suis juste derrière.

– Fais attention à ne pas te faire écraser.

Elle me crie que je suis une pécheresse qui a tout intérêt à ne pas rejoindre le Créateur avant de s'être repentie.

Nous nous installons sur le rivage. Le sable est humide et les vagues lèchent nos serviettes. Lucia enlève sa jupe et son T-shirt puis elle entre dans l'eau. Je reste assise à regarder les muscles de son dos se contracter et s'étirer sous sa peau tandis qu'elle agite les bras pour garder l'équilibre dans les vagues.

Quand elle revient, elle se jette sur moi et me fait rouler dans le sable. Joyeux anniversaire, frangine. Je frissonne au contact de sa peau froide.

Plus tard, dans la voiture, je lui avoue que j'ai couché avec le chirurgien qui a soigné le cœur d'Antonio.

– Vous faites une belle paire de chacals tous les deux, dit-elle.

4

Antonio ne trouve pas ses lunettes, il met le salon sens dessus dessous. Il les avait à la main il y a une seconde et ne comprend pas où elles sont passées. Il a déjà ouvert tous les tiroirs et déplacé les coussins du canapé. Dans quelques minutes, je lui dirai qu'il les a sur la tête, mais pour le moment je le laisse chercher.

Aujourd'hui, quand j'étais à la mer avec Lucia, la voisine est venue se plaindre des chats : ils ont trouvé un passage dans le mur d'enceinte et vont dans leur jardin. Le chien devient fou à force de leur courir après, et les voisins n'ont plus une seconde de tranquillité.

J'imagine la voisine, raide sur le pas de notre porte, réservée, avec ses cheveux gras et ses habits mal assortis, trop grands pour ses hanches fines.

Avant, c'était une femme séduisante, puis leur fils est mort brutalement. On devrait se montrer cordiaux avec les gens confrontés à une souffrance sans remède, comme la mort d'un enfant. Mais Antonio ne sait pas être présent pour les gens qui souffrent, il n'a jamais remonté le moral à personne : ce n'est pas de la méchanceté, ce n'est pas la peur d'être contaminé, comme dit Lucia, mais une sorte de honte.

Je la vois, la voisine, en train d'exprimer ses timides récriminations à mon mari qui regarde ses chaussures pour ne pas voir le malheur.

Je m'allume une cigarette et vais choisir ma tenue pour le soir. De l'autre pièce me parvient la voix d'Antonio qui me demande de regarder si ses lunettes ne sont pas sur sa table de chevet. Elles ne sont pas là, je lui réponds.

– Tu pourrais au moins éviter de fumer dans la chambre ? braille-t-il.

Pour mon anniversaire, il a organisé un dîner en ville avec son meilleur ami et sa femme. Il ne me serait jamais venu à l'esprit de fêter mon anniversaire avec ces gens-là, mais je n'ai pas l'intention de polémiquer.

Je dépose mes plus beaux habits sur le lit et j'essaie toutes les combinaisons possibles : je ne veux pas avoir l'air d'une femme malheureuse comme la voisine ou, pire encore, d'une femme anéantie. J'ai l'impression qu'Antonio et les gens au courant de cette histoire me jugent, me regardent et me comparent sans cesse à l'autre. Comme si ça ne suffisait pas, j'ai arrêté de faire confiance aux mots. Tous les compliments semblent receler de l'hypocrisie ou un piège, si bien que je fais mine de ne pas les avoir entendus, alors que les critiques me font l'effet d'un cri assourdissant, même quand elles sont murmurées. Leur écho perdure pendant des jours.

Nous dînons au centre-ville, dans un petit restaurant aux murs couverts d'étagères et d'excellents vins où nous sommes déjà allés plusieurs fois, pourtant je me sens dans un lieu précaire et hostile. Je suis à l'affût, ma tête bourdonne de présages insensés, je suis sur des charbons ardents, sans véritable raison.

Je regarde la chemise immaculée d'Antonio, celle que je lui ai offerte à Noël et qu'il n'a jamais sortie du placard, et je me dis que s'il l'a mise ce soir, c'est que je ne lui suis pas indifférente. Je l'imagine me demander soudainement pardon, reconnaître qu'il a fait une erreur.

Puis, à l'inverse, j'imagine Anna qui arrive, s'assied

à notre table et s'immisce dans mon dîner d'anniversaire de la même manière qu'elle s'est immiscée dans ma vie : comme si c'était son droit. J'imagine un homme vêtu de noir qui approche, chausse des lunettes de soleil, braque sur moi un objet métallique semblable à un godemiché et tire un flash qui efface ma mémoire. Je m'imagine recouverte de sang. Du sang partout, sur la nappe et dans les assiettes, et mes poignets tailladés avec les éclats d'un verre.

Pendant le dîner, Giulia et Bruno sont pleins d'égards et s'enquièrent de mon avis à tout bout de champ. Antonio les a certainement préparés. Elle est devenue fragile, a-t-il dû leur dire. Une créature en cristal. Ou hérissée d'épines. Et les voilà qui me donnent raison, même quand, par provocation, j'ai des propos qui ne tiennent pas debout.

Ils se comportent avec moi comme si j'avais un cancer. Je voudrais me lever et leur hurler d'arrêter d'avoir pitié de moi, parce que je n'ai pas de cancer, mais juste un mari qui a baisé une autre femme et l'a mise enceinte.

Je tends mon verre et demande à Antonio de le remplir. Il obtempère puis secoue la bouteille vide à l'intention du serveur. Quand celui-ci revient avec une nouvelle bouteille, je lui demande un gin tonic. Antonio me regarde comme si j'avais commandé de l'essence.

Depuis que nous sommes arrivés, il ne m'a presque pas adressé la parole. Je préférerais une gifle plutôt que cette indifférence brutale. Il parle en évitant mon regard. Quand c'est moi qui parle, il relit obsessionnellement le menu ou parcourt ses messages sur son téléphone.

J'ai l'impression que Giulia et Bruno se sentent mal à l'aise. Difficile de leur en vouloir, qui pourrait apprécier cette atmosphère ? Je les regarde et il me semble voir les visages de deux rescapés d'une catastrophe naturelle. Je me sens le devoir de les rassurer.

– Ça ne finit pas forcément comme ça, dis-je alors.

– Quoi ? demande-t-elle.

– L'amour. Ça ne finit pas toujours comme ça.

– Bon Dieu, dit Antonio.

– Oh, je suis juste en train de les rassurer.

– Ils n'ont pas besoin d'être rassurés. Et je voudrais que tu arrêtes de boire du gin tonic.

– Qu'est-ce que le gin tonic a à voir avec ça ? Ce que je dis, je le pense du fond du cœur.

– Cette discussion est pathétique.

Ma fourchette claque sur mon assiette avec fracas et ma voix se fait stridente.

– Qu'est-ce qui est pathétique ? Moi, je suis pathétique ? Je devrais me sentir pathétique parce que je crois que les gens peuvent rester ensemble sans se détruire ? Ou arrêter de s'aimer tout en continuant à se respecter ? Tu trouves ça pathétique ?

– Antonio ne voulait pas dire ça, hasarde Giulia.

– Tu n'arrêtes pas de dire des trucs gênants depuis le début de la soirée, siffle Antonio.

Il a le nez plissé, les sourcils froncés et un coin de la bouche légèrement relevé. Le mépris, dirait un expert en expressions faciales.

Bruno voudrait filer en douce aux toilettes, mais Giulia prend sa main et l'invite à rester à table. Ils gardent les yeux fixés sur leur assiette, s'appliquant tous les deux à écarter leur viande de leurs pommes de terre avec leurs couverts.

Je reprends ma fourchette et la pointe en direction du nez de Giulia.

– Les hommes sont comme ça, tu sais ? Ils ont besoin de se persuader de ton peu de valeur pour croire que le mal qu'ils te font est négligeable.

Peu après, Antonio et moi rentrons à la maison sans dire un mot.

Antonio marche vite, je reste derrière et, par méchanceté, j'écris à Martini. J'écris ce que je lui ferais si nous étions ensemble.

5

Puis je me retrouve dans un tram. Malgré mes efforts, je n'arrive pas à me souvenir pourquoi je suis montée dedans. Pendant un court moment, je reconnais les rues qu'il parcourt, puis il emprunte un boulevard arboré, et tout me devient étranger. Je cherche dans mes poches et dans mon sac ma liste de choses à faire, si je la trouve je me rappellerai pourquoi je suis là. Un passager me dit qu'il doit descendre à un arrêt dont je n'ai jamais entendu le nom et me demande si c'est le prochain.

– Je ne sais pas, je crois que je suis montée dans la mauvaise direction, je lui réponds.

Nous allons vers l'ouest, je reconnais le mont Viso à l'horizon. Mais le problème n'est pas tant où nous allons que le fait que je ne me rappelle ni quand ni pourquoi je suis montée. Comme si mon cerveau n'avait rien enregistré de ce qui s'était passé avant. Ou comme s'il n'y avait même pas eu un avant.

J'essaie de me faufiler entre les passagers pour atteindre une des portes. Je voudrais me mettre à crier, exiger que quelqu'un se pousse pour me laisser descendre, mais cette idée m'embarrasse et je renonce.

Le tram a fait un arrêt inattendu. Je n'arrive pas à voir où nous sommes ni ce qui se passe, mais j'entends un passager crier : Il y a un homme sur les rails. Je sens la tension monter parmi les voyageurs qui, comme moi, sont au fond du tram : nous ne comprenons pas si c'est un accident ou si quelqu'un, de façon imprudente ou peut-être par protestation, occupe la voie. Un autre passager crie : Ouvrez les portes, on étouffe. Mais le chauffeur ne réagit pas : je vois son regard impassible dans le rétroviseur.

On redémarre enfin. Je me tourne et je la vois. Elle a maigri, ses cheveux sont attachés en queue-de-cheval. J'entends mon souffle lourd, malgré le vacarme du tram et les bavardages des passagers. Elle est assise et allaite son enfant. Je l'observe, dégoûtée : ce sein nu, au milieu de la foule, m'apparaît comme une obscénité inutile.

Moi qui ne sais pas où je vais et elle qui allaite son enfant dans ce grand bazar : c'est absurde, me dis-je.

Une main serre mon épaule. Pas une main fortuite, à cause d'un coup de frein, mais une main qui me connaît et descend dans mon dos, caressante. Antonio, je ne sais pas quand il est monté, me sourit et me demande si je les ai vus : sa maîtresse et son enfant. Tu les as vus ? Ils sont beaux, hein ? me dit-il.

Peu après, je me réveille. J'ai le cœur qui bat la chamade et il me faut quelques instants pour comprendre où je suis et d'où je viens. Antonio dort à côté de moi.

Ce rêve, je le sais, m'habitera toute la journée.

Je me recouche. Et, feignant de me tourner dans mon sommeil, je lui donne un coup de coude dans le visage.

6

J'ai toujours été douée pour cacher mes émotions, je suis comme mon père. Si on me disséquait, une substance noire et corrosive, tenue jusqu'alors jalousement cachée, s'échapperait de mon corps. Je ne sais pas ce qui m'a pris, dans ce restaurant.

Le sentiment d'être jugée me rend nerveuse. J'ai l'impression qu'Antonio examine ma manière de bouger, de m'habiller, qu'il soupèse chacune de mes phrases, le ton sur lequel je les prononce, les mots que j'ai choisis. Et qu'il en est profondément déçu. Dans ma tête résonne constamment le tintement d'un tableau d'affichage électronique, *ting*, un autre point en ma défaveur.

De son côté, Antonio n'accorde aucune importance à ce que je pense de lui. À vrai dire, il a l'air de consacrer tous ses efforts à montrer le pire de lui-même. Il ne prend pas soin de son apparence, il se néglige. Avant-hier, il a fait un commentaire sur une employée de supermarché. Nous étions dans la file pour la caisse et, tout d'un coup, il s'est retourné, l'a regardée et a fait une remarque vulgaire sur son physique. Je ne comprends pas quel genre d'homme il est devenu. Il a besoin de réduire en miettes l'image que j'avais de lui. Hé, stupide femme, voilà ce que je suis : un obsédé, un vieux dégueulasse, un type qui a toujours la trique. J'ai senti les larmes monter et lui ai dit que ça suffisait, je voulais m'en aller. Il n'a pas arrêté de regarder la fille, qui était de dos et rangeait un produit dans un rayonnage. Il m'a répondu : Ben va-t'en, alors.

Aujourd'hui, il est assis dans son fauteuil devant la porte du jardin, il lit les journaux en silence. Il ne s'est pas encore lavé, il n'est pas rasé, il porte ses immondes pantoufles et a déjà fumé deux cigarettes même si le médecin lui a catégoriquement interdit de fumer. Pour une raison qui m'échappe, il lit le journal en partant de la dernière page. À cette heure, il doit connaître par cœur jusqu'aux encarts publicitaires. Un des chats, le tricolore, est venu se frotter contre ses jambes en ronronnant. Antonio tend une main : le chat plonge son museau dans sa paume.

Je prends mon sac et les clés de la voiture. Arrivée sur le seuil, je sursaute en entendant mon prénom : depuis combien de temps évitons-nous de prononcer nos prénoms ? Quand un nom vous déçoit et perd sa vibration, il devient du sel sur les lèvres.

Il croit que je ne l'ai pas entendu et répète : Claudia ? Alors je pense : il va enfin me dire qu'il est désolé que mon anniversaire ait aussi mal tourné. Mais au lieu de ça il dit : Si tu sors, pense à acheter du tabac.

– À quoi tu t'attendais, avec un mec pareil ? me demande Lucia, plus tard.

Je ne saurais pas dire à quoi je m'attendais. Par contre, je peux dire précisément à quoi je ne m'attendais pas : à ce qu'il puisse être à mes côtés sans jamais m'effleurer. À ce que, du jour au lendemain, il ne me juge plus digne d'attention. À ce qu'il regarde notre monde voler en éclats sans bouger le petit doigt. À ce qu'il continue de parler de banalités. À ce qu'il n'éprouve jamais le besoin de me prendre dans ses bras en me disant que je fais encore partie de sa chair.

J'attends Lucia longtemps sur le parking de la prison. Je suis arrivée à l'heure et me suis garée à l'ombre d'un tilleul. L'air était brûlant, mais ne voulant pas garder la climatisation allumée à l'arrêt, j'ai coupé le moteur et baissé les vitres. Un coude sur la portière, les cheveux rassemblés dans mon poing, je fixe la sortie, qui ressemble à celle d'une vieille station-essence sur l'autoroute, imaginant les vies dans cette ruche à neuf étages au milieu du centre de détention. C'est là que les gardiens habitent, m'a un jour dit Lucia.

Les minutes s'écoulent lentement. Je pense au mariage. Je voudrais réussir à penser à autre chose, j'essaie. Mais je pense à mon mariage et à celui de mes parents. La froideur de mon père, le silence de ma mère. Quand Lucia et moi rentrions de l'école, l'une de nous courait dans la salle à manger pour savoir à quoi nous devions nous attendre. Si la table n'était pas mise, ça signifiait que maman resterait enfermée dans leur chambre jusqu'au soir et que papa ne prononcerait pas un mot pendant des jours.

Le mariage est un compromis permanent, a toujours dit maman, laquelle s'est en fait adaptée à une absence de communication insensée qui n'est pas un compromis, mais une capitulation.

Lucia arrive avec plus d'une demi-heure de retard.

– Ils ont trouvé du Rivotril dans la cellule de plusieurs détenus, m'explique-t-elle. Ils ont voulu me fouiller.

– Qu'est-ce que c'est, ce truc ?

– Un psychotrope.

– Ça fait dix ans qu'ils te connaissent : comment ils peuvent penser que tu deales des psychotropes ?

– C'est une prison, Claudia. Ça fait dix ans qu'ils gardent ma carte d'identité tant que je suis à l'intérieur.

Une camionnette arrive, un gardien sort de la guérite blindée pour la contrôler. Nous entendons le chauffeur et le gardien rire : ils s'échangent des bourrades. D'autres gardiens sortent de la porte à tambour, ils sont avec des chiens entraînés pour chercher de la drogue.

En se tortillant sur le siège pour enlever son survêtement et enfiler une robe légère, Lucia me dit que les cours sont suspendus tant que le coupable n'aura pas été démasqué.

– Je me suis dit que j'allais en profiter : je vais à Londres voir ma fille. Viens avec moi.

Je lui réponds que je ne me sens pas de faire ce

voyage et lui raconte comment ça s'est passé avec Antonio : le dîner d'anniversaire, et tout le reste.

Encore à moitié nue, elle prend mes mains et les porte à son visage.

– La maladie l'a changé.

Je hausse les épaules.

– Ne le laisse pas te traiter comme ça, il n'en a pas le droit.

– Qu'est-ce que je peux y faire ?

– Tu voulais partir : pars.

Je lui réponds que ma tête n'arrête pas de me dire de partir, mais que mon corps ne bouge pas.

7

J'ai commencé à prendre un cachet de 20 milligrammes de paroxétine tous les matins pour augmenter mon taux de sérotonine. Et dix gouttes de benzodiazépine, matin et soir, pour atténuer l'angoisse provoquée par la paroxétine.

Le lilium et l'angélique, c'est pour stimuler mes ovaires. Le collagène, pour l'élasticité de ma peau. Les isoflavones de soja – deux capsules par jour –, pour faire diminuer les bouffées de chaleur. Un médicament ayurvédique, que j'ai choisi pour son nom : Shatavari, la femme aux cent maris.

La gynécologue m'a suggéré un traitement de substitution, mais je lui ai dit que les hormones me faisaient peur. Elle m'a proposé de me laver les parties intimes avec du thym et de prendre régulièrement du calcium et du magnésium. En l'espace d'une journée, j'absorbe en tout quatorze capsules, cinquante gouttes de différents remèdes homéopathiques et deux sachets de compléments alimentaires.

Une semaine a passé depuis notre dîner au restaurant. Ni Antonio ni moi n'avons fait allusion à ce qui s'est passé, et j'hésite toujours entre rester ou partir. Je lui ai demandé : Tu n'as jamais envie de me quitter, toi ? Tout le temps, m'a-t-il répondu. Et toi ? Tout le temps.

D'après Aneeta, les émotions se cristallisent dans le corps selon une géographie précise. Elle dit que l'incapacité à prendre une décision provoque une contraction à la gorge et la sensation de ne pas réussir à déglutir, une tension musculaire à la mâchoire et le relâchement des canaux lacrymaux.

– Si tu as envie de pleurer, pleure, ma belle. Ça te fera du bien, m'a-t-elle dit.

Je lui ai répondu que, dernièrement, c'est presque ma seule activité. Je me suis enfermée dans la cabine d'essayage d'une boutique de vêtements juste pour pouvoir pleurer un peu. Des larmes que je n'arrive pas à contrôler sortent de mes yeux, comme d'un robinet qui fuit.

J'ai demandé au prof de méditation si les gens qui prennent des antidépresseurs sont des élèves de seconde zone.

Il m'a répondu que les élèves de seconde zone n'existaient pas.

– Pourquoi tu demandes ça ? Tu prends des psychotropes ?

– Non, non. Je ne me soigne qu'à l'homéopathie.

– Tu as remarqué que médecine et méditation ont la même racine ?

Assis en tailleur sur nos tapis, nous expirons et, en apnée, nous observons le vide. Le prof dit que, en regardant le vide, on peut éprouver une sensation de plénitude.

À un moment donné, j'ai l'impression d'y être : un calme étrange se diffuse en moi, mon corps se déploie et flotte. Ça dure une fraction de seconde, puis je suis prise par la peur irrationnelle que la salle n'arrive pas à me contenir et mon esprit exige de reprendre le contrôle de la situation.

Hier, nous avons été obligés d'affronter pour de bon le problème des chats. Ils ont trouvé un autre passage dans le mur du jardin et sont entrés dans la maison d'à côté. Le voisin, le mari de la femme malheureuse, est venu dans notre jardin sans demander la permission, en passant par le portail ouvert, et il en a fait le tour, courbé, en écartant les branches de buis. Il voulait trouver par où les chats avaient pénétré dans sa propriété. Il portait un gilet avec toute une série de poches par-dessus sa chemise à rayures et une sorte de gibecière à son épaule : il avait l'air équipé pour une battue au gros gibier.

Quand il a découvert le trou, il m'a demandé de lui apporter de quoi le boucher. Une pierre ça ira, a-t-il crié, même si j'étais à deux pas de lui. Il est resté penché, les mains sur les genoux, et n'a pas quitté le mur des yeux jusqu'à mon retour.

Je lui ai offert un verre d'eau. Sur le seuil, avant de partir, alors qu'il frottait son pantalon pour enlever la terre, il m'a dit qu'il fallait trouver une solution définitive.

La voix d'Antonio est arrivée de l'autre pièce : Envoie-le bouler, a-t-il braillé.

Plus tard, je lui ai demandé s'il avait perdu la tête.

– Ces chats ne bougeront pas d'ici, a-t-il répondu.

– Ces chats ont pissé sur leur paillasson.

– Si tu savais comme je m'en fous.

– Ils doivent en racheter un.

– On le leur remboursera.

Nous nous étendons sur nos tapis et j'essaie de retrouver la sensation de tout à l'heure, quand je flottais dans la pièce, certaine que cette fois j'arriverais à l'apprécier pleinement. Une seconde après, je dors. Je me réveille en sursaut avec une pensée en tête : dans quelques jours, Antonio retournera à Milan.

8

– Les pilules que le docteur a données à maman ne font pas effet, dit Lucia au téléphone.

– Elles feraient effet si maman ne les jetait pas dans les toilettes, je réponds.

J'en ai vu une flotter dans l'eau de la cuvette. Elle était trop légère, elle est restée à la surface. J'ai fait comme si de rien n'était, même quand ma mère s'est mise à dresser la liste des effets secondaires que les cachets ont sur elle et qui vont l'obliger à consulter un spécialiste.

Pendant qu'elle me parle d'yeux, de phosphènes, d'éblouissements, de migraines, je pense à autre chose pour refréner mon énervement.

Je suis perchée sur une échelle et je fouille sur la plus haute étagère de la bibliothèque. Ma mère a caché les albums photo à l'endroit le plus inaccessible. Je dois me pencher pour les atteindre et manque de tomber.

– Je n'avais plus envie de les voir, se justifie-t-elle.

– Il suffisait de les mettre dans un tiroir et de ne pas l'ouvrir, dis-je.

Je cherche les photos de quand j'avais vingt ans : des images de moi avant Antonio, pour comprendre ce que je pourrais redevenir si je partais. J'observe mon regard de l'époque, l'inclinaison malicieuse de ma tête devant l'objectif, mes vêtements démodés.

Qui aurais-je été si je n'avais pas été amoureuse d'Antonio, ou si je l'avais moins été ?

Je trouve un vieux portrait de moi avec une permanente et une veste à épaulettes.

– À ton avis, j'étais heureuse quand j'étais jeune ? je demande à ma mère.

Nous sommes assises côte à côte, au bout du canapé. Elle tend le cou pour mieux voir.

– Très, répond-elle. Tu as toujours été heureuse. Moi aussi j'ai été heureuse : quand ton père était là. On formait une belle famille.

Je n'ai pas souvenir d'avoir vu notre famille heureuse une seule fois.

Si je repense à ces années qu'elle qualifie d'*heureuses*, je vois une mère dévorée par l'angoisse de vivre et deux gamines, Lucia et moi, aux marges de son champ gravitationnel. Je me souviens d'un père absent, dévitalisé par son incapacité à comprendre et à réparer la souffrance de sa femme. Un inconnu que nous croisions à table, où nous échangions des phrases de circonstance, un homme aux chemises soigneusement repassées par notre mère.

Au fil du temps, maman a modelé un passé plus acceptable pour pouvoir s'y mirer. Je me demande à présent si je n'ai pas fait pareil : si, dans mon souvenir, les années de mon mariage ne me semblent pas plus heureuses qu'elles ne l'ont réellement été.

Je feuillette l'album et tombe sur une photo d'Antonio et moi. Nous sortions ensemble depuis quelques semaines. Il travaillait dans un grand journal, je lisais des manuscrits pour une maison d'édition. Lui regarde l'objectif et moi je le regarde, lui. Les mois et les années suivants, nous apprendrions à nous appartenir l'un l'autre. Nous construirions un chez-nous, une manière de rire et de faire l'amour, une langue à nous qui serait à même de combler les vides laissés par de vieilles épreuves et de nous donner l'illusion d'exister, puisque nous étions désirés et attendus. Nous trouverions de la beauté à des gestes banals, nous nous lancerions dans des projets que nous ferions ensuite semblant d'oublier, quand le plaisir de l'habitude deviendrait plus impérieux que tout le reste. J'avais donné un sens à ma vie et ce sens avait été à l'origine d'actions, de la construction d'un monde.

Que suis-je, privée de ce monde ?

Il y a une photo de papa, adossé à une Alfetta jaune, jambes et bras croisés. Il avait les cheveux clairs et une mèche qu'il plaquait en arrière avec de la brillantine.

– Ton père ne s'intéressait qu'à sa voiture, dit maman.

Il était rare que papa la laisse conduire. Et quand il le faisait, il passait son temps à lui dire : Attention au feu, attention au passage piéton. Un jour, peu avant sa mort, ils s'étaient violemment disputés parce qu'elle avait éraflé la carrosserie. Des mots atroces, jamais prononcés auparavant, avaient été échangés.

Papa est mort à bord de cette voiture. Maman n'a pas voulu la voir, après l'accident. Elle a dit au carrossier de s'en débarrasser. Les jours suivants, elle a mis dans des sacs poubelle une série d'affaires appartenant à papa, qui à l'époque m'avait paru aléatoire, et elle s'en est défait. Plus tard, j'ai compris qu'en réalité elle avait sélectionné avec soin : de papa, elle n'a gardé que ce qu'elle aimait et s'est libérée du reste.

9

Moi aussi, j'ai choisi de me concentrer sur les meilleurs souvenirs et de rester.

Je ne sais pas si c'est vraiment moi ou mon avatar généré par les médicaments, mais cette dernière semaine, j'ai réussi à peser chacun de mes mots, à mesurer chacun de mes gestes. J'ai adulé l'intelligence d'Antonio et manifesté de l'inquiétude pour son état de santé. Et il a recommencé à se détendre.

Mais ce n'est pas facile. Nous devons réinventer nos rôles, tracer de nouvelles frontières. Nous avançons comme des funambules dans la tentative maladroite de réduire les distances. Puis un de nous deux dérape et il faut recommencer du début.

Je regarde ma montre. Il n'est que huit heures et Antonio est déjà debout depuis un bon moment. Je l'entends aller et venir entre la salle de bains et le salon, puis entre la salle de bains et la cuisine. Je pourrais le rejoindre et lui dire : Après tant d'années de mariage, c'est normal que quelque chose déraille.

Une odeur d'œufs et de bacon traverse la porte de la chambre : il ne devrait pas manger ce genre de choses.

Je me lave les dents, rassemble mes cheveux dans un chignon lâche et vais le voir.

Ces derniers temps, la cuisine a subi une métamorphose. Le réfrigérateur, autrefois toujours plein à craquer, débordant de denrées, comme si nous étions dix plutôt que deux dans cette maison, ou comme si nous nous préparions à une guerre nucléaire, est tristement vide. Mais c'est la seule pièce restée neutre, où nous arrivons à séjourner simultanément sans être obligés de justifier notre présence.

– Tu ne devrais pas bouffer ces trucs, lui dis-je.

Il a dû faire quelques courses, maintenant il prépare des pancakes. Je le regarde, de dos, verser la pâte dans la poêle où le beurre fondu grésille. L'air se remplit d'une odeur de lait et de sucre.

D'ici peu, il partira à Milan. Avant qu'il s'en aille, je veux lui dire que je suis prête à recommencer.

– Il n'y a plus de sirop d'érable, il faudra se contenter de miel, dit-il en se retournant pour me regarder.

Je n'aime pas ce que je vois. Il est pâle et il a le regard vitreux. Sa peau est terne. Soudain, j'imagine qu'il me cache quelque chose. Je me dis : il a éteint toutes les lumières pour m'empêcher de regarder en lui.

Il me vient alors à l'esprit qu'il pourrait refuser ma proposition de recommencer à nous aimer.

– J'ai cuisiné pour toi, me dit-il.

Je prépare un déca et m'en sers une tasse.

– Tu ne vas pas manger, c'est ça ?

– Je n'ai pas faim, je réponds en me grattant furieusement le bras. Cette nuit, je me suis fait dévorer par les moustiques.

– Quel est le rapport avec les moustiques ?

– Tu aurais pu me demander, avant de cuisiner tout ça, non ?

Il lève les yeux au ciel et souffle : J'ai l'impression que je fais toujours tout de travers.

Je suis terrifiée par l'idée d'être ridicule. J'arrive seulement à penser qu'une fois encore, il a décidé à ma place. Je commets l'erreur de le dire, sa façon de faire frire ces stupides œufs sans me le demander, de considérer comme acquis que ça me fera plaisir, m'écrase et m'humilie.

Il me répond que je dois me faire soigner. Il prend les assiettes pleines de nourriture et les fait voler dans l'évier.

Quand Antonio part pour Milan, j'appelle Aneeta sous prétexte de lui parler du livre et lui raconte ce qui s'est passé. En réalité, je lui rapporte seulement l'épisode des assiettes jetées dans l'évier. Je lui dis qu'Antonio est comme son grenadier : un parasite le dévore de l'intérieur. Elle me liste une série de raisons qui font que les hommes sont plus aptes à déclencher une bagarre ou à réparer une chaudière qu'à supporter une confrontation émotionnelle. Là aussi, c'est lié au taux de testostérone et à l'hémisphère gauche du cerveau, comme si le libre arbitre ne comptait pas.

Quoi qu'il en soit, Antonio n'a jamais rien réparé. Dans cette maison, quand les choses se cassent ou ne fonctionnent plus, on les jette ou on les remplace.

– Écoute, je trouve que le livre avance au ralenti. Quand est-ce qu'on se voit ? me demande Aneeta.

– Désolée, j'ai des urgences à régler, je réponds. Donne-moi deux jours.

L'urgence, c'est que je dois me concentrer sur moi-même. Mais je n'arrive pas à le faire en restant immobile, alors je me mets à déplacer les meubles du bureau, les fauteuils du salon et les plantes. Puis je vais au jardin chercher les chats.

Plus tard, je sors de la douche. J'essuie le miroir embué avec un pan de mon peignoir.

– Qu'est-ce que tu veux faire avec l'enfant ? ai-je demandé à Antonio.

– Il grandira avec sa mère.

– Tu iras le voir ?

– C'est mon fils, a-t-il répondu.

– Il aura ton nom de famille ?

– Il aura le nom de famille d'Anna.

J'étudie mes traits. Quel visage aurait notre enfant ?

Je m'aperçois que j'ai une nouvelle ride au-dessus de la bouche.

J'ouvre le robinet et me lave énergiquement. Je me regarde encore une fois. Ce fin sillon est un détail insignifiant, car ma mère a raison : mon visage est couvert d'une pellicule terne. Je me savonne les mains et frotte mes joues avec des mouvements rageurs, je sens mon cœur battre dans mes oreilles.

Cette patine est toujours là, je n'arrive pas à la faire partir. Elle est sur mes cheveux mouillés. Sur le peignoir. Je la vois sur les murs de la salle de bains, je la sens dans l'air que je respire.

Un voile qui me recouvre et se pose sur tout ce que je regarde.

Bras tendus, je renverse tous les objets à ma portée. Un flacon de parfum explose au contact du carrelage : je vois les éclats s'éparpiller. Je me blesse le pied et ne m'en aperçois que lorsqu'un filet de sang se mêle au parfum répandu sur le sol. Le sèche-cheveux aussi s'est cassé. Je me dis que personne ne sera capable de le réparer.

Je fais en sorte d'être absente quand Antonio rentre pour le dîner. À mon retour, il est déjà au lit. Sur la table, il a laissé un petit mot : *Je ne trouve pas les chats.*

10

J'ai revu le docteur Martini. Nous avons couché ensemble dans son lit et cette fois nous étions plus détendus. Ses draps étaient dépareillés, mais ils sentaient la lessive, sur la table de chevet il y avait une boîte de Témesta.

– Qu'est-ce que tu aimes chez moi ? lui ai-je demandé.

– À part ça ? m'a-t-il répondu en tapotant au niveau de mon cœur.

Par chance, il n'a pas de bistouri à portée de main. S'il voyait le désert que j'ai dans la poitrine, il ne l'aimerait pas du tout.

– À part ça, dis-je.

Alors il s'est mis à déposer des baisers sur tout ce qu'il aime chez moi et cela n'en finissait plus. Plus tard, nous avons commandé chez un Chinois des plats à emporter et avons dîné au lit, dans les bras l'un de l'autre.

Ce que je fais avec Martini n'a rien à voir avec l'amour, mais avec l'envie d'enfin pouvoir décider de ce qu'il se passe.

Trois jours se sont écoulés depuis que les chats ont disparu. Hier, Antonio et moi avons croisé les voisins. Ils déchargeaient un gros paquet de leur voiture, peut-être un téléviseur. Le voisin ne nous a pas salués, Antonio s'est bien gardé de lui proposer de l'aide. J'imagine qu'il est persuadé que c'est lui qui a éliminé ses chats.

De retour après mon rendez-vous avec Martini, je trouve Antonio au jardin. Il a les mains dans les poches et se tient immobile, sourcils froncés, devant la porte de la remise. Il est si absorbé dans ses pensées que mon arrivée le fait sursauter.

– Je n'ai pas entendu la voiture, dit-il.

– Je l'ai laissée dans la rue.

La remise est en bois : les planches ont gonflé et se sont fissurées, la fenêtre est si sale que la lumière de l'après-midi peine à pénétrer. Elle déborde de meubles, de chaises de jardin dont l'osier tire-bouchonne et s'effrite, de transats à la toile moisie, de vieilles boîtes en fer-blanc colorées. Tout est crasseux, ça pue la saleté et l'urine, il y a des moustiques partout. Antonio entre, je le regarde depuis le seuil, la poussière remplit mes narines, avec un bras je me couvre le nez et la bouche.

– Ils les ont attrapés, dit-il, et, en se déplaçant dans l'espace exigu du débarras, il fait tomber des planches entassées dans un coin.

– Bon Dieu, mais qui aurait pu faire ça ? Ils ont dû trouver un autre trou dans le mur. Ils reviendront quand ils auront faim.

Antonio ne répond pas, il continue de fouiller dans le bazar.

– Ça fait des jours que tu ne penses qu'à ça, que tu ne fais que ça, que tu ne parles que de ça. C'est exaspérant.

Il siffle : Si tu n'es pas foutue de m'aider, casse-toi.

Quelque chose bouge le long du mur, Antonio se précipite et s'appuie sur une vieille commode. L'humidité de l'hiver et la chaleur de l'été l'ont fragilisée. La commode cède et part en morceaux, les tiroirs tombent, soulevant un nuage de poussière et de toiles d'araignée, un lézard s'enfuit à toute allure du tas de bois. Le bruit agit comme un coup de fouet sur mes nerfs et je me jette à mon tour dans la remise.

– Tu es complètement cinglé ! je crie alors qu'il

se relève péniblement. Tu vas te tuer pour ces chats à la con.

Il se tourne brusquement et agite le poing comme pour me frapper. Mais son geste reste suspendu.

Il est grotesque, avec son poing immobile et ses vêtements sales. Une énorme toile d'araignée descend de ses cheveux jusqu'à ses épaules : on dirait le voile d'une veuve. Il a des cernes profonds, ses yeux ont sombré dans leurs orbites. Je n'ai pas peur, j'arrive seulement à penser à l'absurdité et au ridicule de la situation, à ce à quoi nous sommes réduits. Je devrais me protéger, pivoter sur mes talons et partir, mais au lieu de ça je me mets à crier encore plus fort, je veux savoir pourquoi il se comporte comme ça. Ce qu'il me fait payer.

– Dis-le-moi une fois pour toutes. Tu me punis parce que je n'ai pas débarrassé le plancher quand tu en as eu marre de moi ? C'était moi qui aurais dû partir ? Oui, tu as raison, j'ai été égoïste. J'aurais pu disparaître, quand tu as décidé que je ne te suffisais plus. J'aurais pu mourir et te laisser tranquille. C'est pour ça que tu me traites comme une ennemie ? C'est ça que tu ne peux pas me pardonner ? De ne pas être morte quand tu as arrêté de m'aimer ?

Soudain, Antonio se reprend. Il baisse le poing et m'attrape par le visage. Je sens ma mâchoire craquer douloureusement sous sa prise. Il est sur moi, nos lèvres se touchent presque, je sens son haleine quand il articule ces mots : Espèce de conne, moi je n'ai jamais arrêté de t'aimer.

J'arrive à me dégager et à lui mordre la main, mais il m'empoigne par les cheveux et me plaque contre un mur qui vibre sous le choc. Il me bloque avec le poids de son corps, je sens son érection contre mon dos. Je suis immobilisée, une joue et les épaules collées au mur de la remise : un de mes bras est égratigné, il appuie volontairement son pouce sur la plaie.

Puis je me retrouve face contre terre. Ma jupe est remontée et le plancher écaillé m'écorche les jambes. Antonio est sur moi : d'une main il me tient par les cheveux, de l'autre il défait sa braguette. Une grosse écharde a lacéré ma peau et s'est plantée dans mon genou, la douleur est insupportable. J'ai de la poussière sur la bouche et dans les yeux. Je voudrais le supplier d'arrêter mais je n'ai pas de voix pour le faire. Je reste silencieuse. Il tire ma tête en arrière et commence à m'embrasser, il écarte ma culotte, je sens son souffle et son sexe frotter contre mes fesses. Ses lèvres frôlent mon oreille quand il susurre : Toi aussi tu l'as bien mérité.

Soudain, je comprends. Je sens mon cœur battre contre le sol, mais je suis ailleurs. Je suis au pied de l'arbre, à côté du corps immobile d'Antonio.

11

Maman ouvre la porte et reste plantée à me fixer. Elle veut savoir où je me suis garée.

– En bas.

– Tu vas prendre une amende.

– Je peux entrer ?

Elle me scrute, son regard s'arrête sur mes pieds, puis elle me dit de la suivre dans le couloir qui conduit à ma chambre.

– Je connais le chemin.

– Je voulais juste éviter que tu ailles dans le salon avec ces chaussures. Je viens de cirer le sol.

Je l'ai prévenue de mon arrivée par un coup de téléphone. Elle a mis deux serviettes et deux chocolats sur le lit, comme à l'hôtel. Elle jette un coup d'œil à mon sac à dos, ouvre le placard et me montre l'espace qu'elle a libéré pour mes affaires.

– Une étagère devrait suffire. Combien de temps tu restes ?

– Je ne sais pas.

– Quelques jours ?

Le bruit de la télévision parvient de la cuisine. Un autre appareil, peut-être une radio, est allumé dans le salon.

– Tu as faim ? Tu veux des pâtes ?

– Tu ne me demandes pas pourquoi je suis là ?

– C'est chez toi ici.

Elle ouvre les rideaux pour laisser entrer les derniers rayons de soleil.

– Je te prépare du riz.

Elle me serre rapidement dans ses bras, avec sa pudeur coutumière, et s'en va sans me laisser le temps de répondre. Je la suis jusqu'à la porte et reste les bras ballants, dans l'espoir qu'elle se retourne pour me dire quelque chose. Elle s'éloigne dans le couloir long et étroit, éclairé par une lumière trop puissante et trop froide. Sa jupe, plissée au niveau des hanches, fait tomber des lettres d'une étagère.

– Je m'en occupe, dis-je.

Nous dînons en regardant les informations.

Plus tard, je pleure dans les bras de Lucia. Enfermées dans notre ancienne chambre, je lui raconte ce qui s'est passé dans la remise, et aussi tout le reste.

– L'échelle était branlante, dis-je, Antonio était sur le dernier barreau. Il est parti à la renverse, son bras s'agitait en vain, il essayait de se rattraper aux branches qui se cassaient. Il voulait crier mais aucun son ne sortait de sa bouche.

Sur le coup, j'ai pensé qu'il perdait l'équilibre. L'échelle était branlante et Antonio avait visiblement peur, il tirait sur sa chemise comme pour s'accrocher à quelque chose. Puis l'échelle a arrêté d'osciller et a basculé sur le côté. Et moi, qui étais à un pas, j'ai regardé sans rien faire.

Je raconte à Lucia qu'Antonio était par terre, recroquevillé comme s'il dormait. Que je me suis agenouillée pour mieux le voir : ses yeux étaient ouverts, il avait une égratignure sur le visage et ne respirait pas.

J'ai caressé sa plaie, frotté mon pouce et mon index et senti son sang visqueux sur la pulpe de mes doigts. J'ai écarté à grand-peine les siens encore crispés sur sa chemise, j'ai posé une main sur son cœur et n'ai rien senti.

Je me suis couchée sur le côté en face de lui. Nos genoux se touchaient. Il avait les pupilles fixées sur un point indéfini de mon front, les iris légèrement décolorés.

La terre humide sous mon T-shirt me faisait frissonner. À part le froid, je ne ressentais rien.

Que peut ressentir un corps inhabité ?

De la pointe des doigts, j'ai caressé sa joue, sa barbe hirsute, son nez.

J'ai remis une mèche de ses cheveux blancs en place et j'ai fermé sa bouche, restée entrouverte dans la chute. Couchée, la tête posée au creux de mon bras et les genoux appuyés contre les siens, je continuais de le regarder.

Puis j'ai approché ma bouche de son oreille et j'ai murmuré : Tu l'as bien mérité.

J'étais à un centimètre de son visage, je sentais l'odeur de sa peau, de ses cheveux. Je me suis recouchée et j'ai continué de l'observer et d'observer le vide que je sentais en moi.

J'ai sursauté quand les yeux d'Antonio ont repris vie. J'ai de nouveau cherché son pouls, à l'artère du cou, et senti le sang circuler sous mes doigts. J'étais bouleversée et ne savais pas quoi faire. J'ai regardé autour de moi, terrifiée à l'idée que quelqu'un puisse être en train de m'observer.

À côté de l'échelle, j'ai vu les cigarettes et le briquet d'Antonio. J'ai atteint le paquet à quatre pattes et, assise sur mes talons, je me suis allumé une cigarette. Tout mon corps tremblait. Le corps de mon mari, lui, était toujours immobile, mais ses yeux étaient pointés sur moi, désespérés.

Au bout d'un moment, il a gémi. Alors, je suis allée appeler les secours.

Deux hommes avec la tenue de la Croix-Rouge l'ont attaché à la civière, l'ont emmené dans l'ambulance et m'ont demandé de monter. J'ai répondu que je les rejoindrais plus tard.

À son réveil, à l'hôpital, j'ai demandé à Antonio s'il se souvenait de ce qui s'était passé.

Il m'a répondu que non.

Lucia a l'air hagard et les cheveux ébouriffés, on dirait qu'elle sort d'une bagarre. Assise sur le bord du lit, elle m'a écoutée sans dire un mot en triturant ses cheveux et sa robe. J'ai l'impression qu'elle n'a même pas respiré.

J'aurais besoin de tendresse, mais elle me repousse comme si elle craignait d'être contaminée. Elle allume une cigarette et me pose une question à laquelle je ne m'attendais pas : Et les chats ?

– Ils s'en sortiront, dis-je.

Puis maman frappe à la porte avec son coude et demande à ce qu'on vienne lui ouvrir. Elle porte un plateau avec la tisane qu'elle a préparée. Les tasses pleines s'entrechoquent, l'air se remplit d'un parfum de cannelle. Elle souriait quand elle est entrée, maintenant elle s'est rembrunie : nous devrions savoir que la fumée la dérange.

– Pardon. Je vais ouvrir, dis-je.

– Ça ne suffit pas, d'ouvrir la fenêtre, il faudra faire des courants d'air.

– D'accord, on fera des courants d'air.

– Quand les fenêtres sont ouvertes, les moustiques entrent, dit ma mère.

Sa déception est telle que je ne serais pas surprise de la voir jeter le plateau par terre.

– Je n'arrive pas à dormir quand il y a des moustiques.

Dans sa stupéfaction, Lucia n'a pas entendu un mot de ce que maman a dit. Elle écrase sa cigarette sur sa semelle, se lève et me siffle à l'oreille qu'Antonio et moi on est malades, on est deux fous, deux sadiques, on lui fait peur.

Elle est secouée et sa robe toute froissée. Elle traverse le couloir dans le noir et s'en va sans rien dire. La porte se referme derrière elle, mais une seconde après Lucia revient frapper.

Elle me dit que si je rentre chez moi retrouver mon mari, elle me tuera. Elle tient encore le mégot éteint entre son pouce et son index.

Je range trois T-shirts et deux pantalons sur l'étagère libre du placard de ma chambre. Il est rempli d'affaires de papa. Je reconnais une chemise à carreaux : il la mettait pour aller à la pêche le dimanche, quand il rentrait elle sentait le fleuve. Je l'enfile, maintenant elle sent la naphtaline. Puis je vais me coucher. Je coupe mon téléphone. Le matelas est mou et le lit petit. L'odeur de naphtaline me pique la gorge. J'éteins la lumière et, avant de m'endormir, je parle un peu avec mon père. Je me dis que ce sera peut-être plus simple d'entrer en contact avec lui en portant sa chemise. Ainsi, je lui explique que je ne suis pas méchante mais simplement incapable d'être gentille depuis qu'Antonio a mis cet enfant au monde. Je lui dis que les choses se seraient passées autrement, que j'aurais même été capable de lui pardonner, si seulement il m'avait demandé pardon et m'avait prise dans ses bras, faisant fondre la glace qui m'envahissait petit à petit. Je rappelle à mon père qu'il n'a jamais été un grand soutien de son vivant, et lui propose de se rattraper en m'aidant à sortir de cette situation de merde.

12

Au réveil, j'ouvre et referme les placards de la cuisine sans trouver ce que je cherche. Je demande à ma mère si elle a changé les choses de place, elle me répond que pas du tout. Hier soir, j'ai eu du mal à trouver l'interrupteur de ma chambre.

– C'est toi qui ne te souviens pas.

Sur l'appui de la fenêtre, il y a un pied de basilic. Effectivement, il a toujours été là. Rien n'a bougé. Pas même ma mère, assise à la table du petit déjeuner, immobile dans son passé éternel. Avant, je pouvais me déplacer dans cet appartement les yeux fermés. Maintenant, je me cogne dans les coins, les yeux ouverts.

Si j'ai imaginé que revenir ici me rappellerait qui je suis, c'était mal vu. La distance, dit Aneeta, atténue l'intensité des souvenirs et les modifie.

Je ne sais pas si je dois m'en sentir soulagée ou effrayée.

À un moment de l'adolescence, j'ai souffert de migraines, elles arrivaient sans crier gare, une détonation dans mon cerveau, et je ne pouvais rien faire d'autre que rester couchée dans le noir, jusqu'à ce que la douleur passe. Mon existence était rythmée par l'attente de cette épreuve, puis par celle de sa fin. Pendant cette longue année de maladie, je n'étais rien d'autre que mon mal de tête.

Maintenant, je peux en parler comme si ce n'était pas moi qui avais vécu ça, mais quelqu'un que je connaissais bien. Mon corps a oublié l'intensité de cette souffrance et la violence de l'angoisse qu'elle provoquait chez moi. Il n'en est resté que des mots.

Parfois, j'ai l'impression que je ne veux pas me séparer de la peine que j'éprouve en ce moment, parce que je ne veux plus que mon corps oublie.

J'ouvre le réfrigérateur de ma mère pour voir ce qu'il contient : une brique de lait, du beurre, une boîte d'œufs, un bout de parmesan et trois cents euros cachés dans un tupperware.

– Tu veux manger quelque chose ? me demande maman.

– Je prends juste un café.

– Tu as bien dormi ?

– J'ai dormi.

Dès mon réveil, j'ai rallumé mon portable : aucun appel d'Antonio. Même pas un message.

Je me déplace dans la cuisine à la recherche de signes que mon père pourrait avoir semés, quelque chose qui indique qu'il m'a entendue.

– Qu'est-ce que tu as prévu, aujourd'hui ? demande ma mère.

– De travailler autant que possible. L'éditeur m'a donné un ultimatum.

Quelques heures plus tard, je vais quand même à mon cours de méditation.

Le prof dit qu'il y a huit types d'obstacles sur le chemin de la connaissance de soi. J'imaginais qu'il y en avait beaucoup plus. L'un d'eux est l'impatience.

J'essaie de rester immobile, couchée sur mon tapis, mais mon corps est une centrale nucléaire : mes pores libèrent des étincelles d'uranium. J'ai un poids sur la poitrine, un bourdonnement dans le crâne et peur, très peur de mourir. Je me dis : je voudrais qu'on joue *The Wind Cries Mary* à mes obsèques. Je me dis : je voudrais être incinérée, me transformer en dioxyde de carbone et continuer à vivre dans le souffle des arbres.

J'inspire en comptant jusqu'à quatre, j'expire en comptant jusqu'à six. Aujourd'hui, j'ai essayé de répondre aux questions d'un test : décrivez la dernière fois que votre mari a fait quelque chose pour vous rendre heureuse, décrivez la dernière fois que vous avez fait quelque chose pour rendre votre mari heureux. Aneeta voudrait l'insérer en conclusion de son livre sur le mariage. La dernière fois qu'Antonio a fait quelque chose pour moi, il a marché des kilomètres dans une forêt et il est rentré à la maison avec un panier rempli de cornouilles.

Le livre partira bientôt à l'impression, j'encaisserai le chèque qui me revient et ce ne sera plus mon problème.

Vers la fin du cours, le prof nous dit qu'il est possible de réaliser ce que l'esprit désire et il nous fait répéter trois fois notre souhait comme si l'objectif était déjà atteint. Cela s'appelle *sankalpa*. Par trois fois, j'informe mon esprit de ma ferme intention de récupérer ce que j'ai perdu.

13

– Au lieu de ça, tu pourrais te concentrer sur ce que tu as gagné, dit Lucia.

Je dois faire un effort. J'essaie d'imaginer comment je pourrais profiter de ma liberté : m'installer dans un quartier animé, à Porta Palazzo ou à Vanchiglia, revoir de vieilles copines et reprendre avec elles le fil d'une conversation interrompue il y a des années, me rendre à des dîners d'où je filerais en douce avant la fin. Recommencer à boire du daïquiri, comme quand j'étais jeune. Arrêter de faire les courses et commander mes repas sur Internet.

Au cours de méditation, un type m'a souri et a rangé mon tapis pour moi.

Au café, ce matin, un homme m'a regardée. C'est ma mère qui me l'a fait remarquer. Je dois lui faire pitié, ai-je dit.

Selon Aneeta, si j'arrêtais de balader ma solitude comme une paire de bas filés, je serais moins complexée et je m'amuserais plus.

Notre travail touche à sa fin. Elle me prend dans ses bras et me dit qu'elle a déjà le titre du prochain livre qu'on écrira ensemble. Je lui souris avec gratitude : je ne supporterais pas qu'elle disparaisse de ma vie. La peau d'Aneeta sent la vanille ou le ylang-ylang. Quelque chose de très sucré.

Martini m'a demandé de le rejoindre chez lui : je lui ai dit que je n'étais pas d'humeur. Plus tard, nous commandons un tartare en terrasse d'un restaurant sur les collines, même si lui aurait préféré un autre genre de soirée. Un parfum de jasmin et d'herbe fraîchement tondue flotte dans l'air, il lit le menu en me tenant la main. Il porte une chemise en lin. Il est beau.

– Je ne suis pas assez élégante pour ce restaurant, dis-je.

Il se penche par-dessus la table pour voir ce que je porte. Le même jean depuis trois jours et un T-shirt en coton.

– Tu es toujours élégante, répond-il. Tu prendras une entrée ?

– J'ai quitté Antonio.

Il lève les yeux du menu pour les poser sur moi.

– On s'est disputés, on s'est fait des choses horribles, puis je suis partie.

Je m'attends à ce qu'il fasse allusion au retard des secours, mais non. Un serveur apporte les hors-d'œuvre et nous demande si nous voulons commander autre chose.

– Peut-être plus tard, lui répond Martini.

Les doigts de sa main se glissent entre les miens. Il me dit que les choses vont s'arranger, qu'Antonio me convaincra de revenir.

– Non, il ne le fera pas. Il n'a même pas essayé de me joindre.

– Il le fera.

– Pourquoi il le ferait ?

– Crois-moi.

– Mais pourquoi ?

– Parce qu'il est malade.

Il serre plus fort ma main et sourit bouche fermée, en soufflant par le nez. Soudain, je trouve ce souffle insupportable. De même que sa manière de sourire, de me regarder, de tenir sa fourchette et de me servir du vin blanc. Je libère ma main de la sienne et dévore rageusement mon tartare.

Après le dîner, je lui demande de me raccompagner. Comme une adolescente, je me fais déposer à quelques mètres de la destination, parce que je sais que ma mère pourrait être en train d'attendre à la fenêtre, et je n'ai pas envie de lui donner des explications.

Je suis restée silencieuse et immobile pendant tout le trajet, même s'il gelait dans la voiture à cause de la climatisation.

Quand je descends, il incline la tête, porte sa main à ses lèvres et la pose sur la vitre. Je ne voudrais pas le blesser, mais j'ai l'impression que c'est inévitable. Je le salue sans sourire, en agitant à peine la main.

14

La serrure ne fonctionne pas bien : deux tours de clé, puis elle se grippe. Il faut tirer la porte vers soi et la tenir en tension d'une main pendant que l'on tourne vigoureusement la clé de l'autre.

Les persiennes sont fermées, comme toujours quand la maison est vide. La lumière passe entre les lames, blanche en hiver, jaune et vibrante en été. Les rayures du tapis du salon sont fanées par le soleil. J'ai très envie d'ouvrir toutes les fenêtres pour faire entrer le reflet de l'érable et l'air du jardin qui, en cette saison, sent les plantes aromatiques. Mais je ne suis venue que pour remplir quelques valises avant de repartir.

Dans l'évier, il y a une tasse avec un fond de lait. Par réflexe, je la lave et la pose à l'envers sur l'égouttoir. Dans la corbeille sur l'étagère, les pommes de terre ont germé. J'en scrute quelques-unes puis les jette à la poubelle.

J'ouvre le placard et vérifie d'un geste machinal les dates de péremption sur les bocaux. Je m'aperçois qu'il n'y a presque plus de sucre.

Je décolle un magnet de la porte du frigo, le souvenir d'un voyage aux Pays-Bas, et le glisse dans mon sac.

J'emporterai ce dont j'ai besoin, mais qu'adviendra-t-il du reste ? Il y a des centaines d'objets à choisir et à se partager. Et ceux que ni lui ni moi ne prendrons ? Par quelles mains seront-ils touchés, caressés, jetés ou cassés ?

Je passe au salon et enregistre des yeux tout ce qui m'entoure, tout ce qui, pendant de si nombreuses années, a été une extension de nous. Il faudrait ranger la pièce et faire la poussière. Avant de partir, j'ai déplacé les meubles, comme souvent pour calmer mon inquiétude ou en fonction des saisons, pour que la lumière extérieure vienne mettre en relief les formes et les combinaisons de couleurs, pour que chaque retour à la maison soit un petit étonnement et nous rappelle que, quels que soient les événements extérieurs, notre chez-nous est un endroit beau, propre et salvateur.

Je me déchausse, ferme les yeux et marche pieds nus : ici, je peux le faire sans me cogner partout.

De l'autre côté du mur mitoyen avec les voisins, j'entends le parquet craquer sous leurs pieds.

Chez eux, il y a des photos de leur fils dans toutes les pièces, et des dessins encadrés. Les persiennes sont presque toujours fermées, de jour comme de nuit. Le couple se barricade à l'intérieur. De temps en temps, l'un d'eux ouvre une porte sur l'arrière pour que le chien puisse sortir pisser dans le jardin.

Je vais à la salle de bains et vide l'étagère des crèmes dans un sac de supermarché.

Pendant un temps, le carton *À vendre* avait fait son apparition devant le portail des voisins : je ne sais pas exactement ce qui s'est passé, on racontait que l'homme n'en pouvait plus de vivre dans ce mausolée.

Je regagne la chambre et choisis les habits que j'emporterai. Antonio est à Milan, je peux prendre mon temps. Je hume l'odeur du placard : il sent le cèdre dont il est fait et la cire avec laquelle nous l'avons lustré pour le protéger des parasites.

Combien de fois ai-je été sur le point de partir pour finalement rester ? Chaque dispute était suivie d'une trêve. Je me disais : le pire est passé, je ne peux pas partir maintenant. Puis la trêve s'achevait, nous recommencions à nous disputer. Alors je me disais : si je partais maintenant, l'image du pire que je viens de voir gâcherait tout le meilleur qu'il y a eu. Parfois, j'étais simplement fatiguée : Je vais me reposer, disais-je, on verra demain.

Je remplis les deux valises et les laisse ouvertes sur le lit.

Je me souviens de la fois où, en pleine nuit, la voisine est sortie. Il faisait froid et elle ne portait qu'un pyjama : elle a pris le carton *À vendre* et l'a déchiré en mille morceaux.

Les chez-nous que nous construisons au fil des ans, comme des vêtements faits sur mesure : les objets et les souvenirs accumulés, les meubles de la bonne dimension pour eux, et les espaces laissés délibérément vides pour accueillir d'autres désirs.

Parfois, on dirait qu'ils sont la seule preuve de notre existence.

Je me couche dans la partie du lit restée vide et me glisse sous le drap.

TROISIÈME PARTIE

1

Ça te dérange si je lis ? La lumière ne te gêne pas ? Tu veux que j'éteigne ? Mon mari répond : Non, mon amour, ça ne me dérange pas du tout. Je me mets sur le côté, je rapproche le livre de la lampe de chevet et le laisse poser sa main sur ma hanche, puis je tourne la tête et lui souris, même si le mot qu'il vient de prononcer, le mot *amour*, a provoqué un tressaillement dans ma poitrine : je sens tous les remous, les zones d'ombre qu'il a traversés.

Il y a un mois, nous sommes allés marcher en montagne. Pendant la descente, il avait mal aux muscles en dessous des genoux, ceux dont personne ne connaît le nom, et ses chaussures trop étroites à la pointe le gênaient.

– Tu savais que les pieds continuent de grandir

quand on vieillit ? a-t-il demandé. Et le nez et les oreilles aussi.

– Si tu le dis.

– Ce n'est pas moi qui le dis. C'est comme ça. En tout cas, j'ai besoin de faire une pause.

Nous avons fait une pause. Nous étions de bonne humeur – un de ces jours où Antonio réussit à me faire rire et où je réussis à le regarder avec les yeux d'avant – et nous avons évoqué des souvenirs. Certains moments gravés dans sa mémoire avaient disparu de la mienne, tandis qu'il gardait un souvenir imprécis d'instants pour moi indélébiles. Nous avons fini notre randonnée de mauvaise humeur.

Parfois, nous nous disputons sans hausser la voix, parce que nous sommes des gens bien élevés : nous employons des phrases acerbes au début, plus douces sur la fin. Surtout, nous évitons les regrets, parce que le désordre qu'ils provoquent nous effraie.

Mes nuits conditionnent nos journées. Si j'ai fait des cauchemars, je m'habille avec des gestes pleins de rage, comme si je me préparais à la bagarre. Antonio sait que je trouverai un moyen de le lui faire payer avant le soir. En revanche, lui ne se montre jamais agressif. Il est indifférent. Comment tu vas ? me demande-t-il. Et avant que j'aie répondu, il est déjà ailleurs.

Nos coups de téléphone se sont faits plus rares eux aussi, et plus formels. Mais un soir, pendant son émission, Antonio a dit quelque chose à propos du temps qui passe, et de la beauté de vieillir aux côtés de la personne qui a connu des choses de vous qui ont disparu.

Vos cheveux, par exemple ? a demandé un invité. Par exemple, a répondu mon mari.

Je suis persuadée qu'Antonio m'aime de nouveau, mais autrement. Et, surtout, différemment de la manière dont je pensais qu'il fallait aimer. Quelque chose qui a à voir avec la survie, pas avec le désir, le bonheur ou la soif de vivre.

Les choses changent, il serait hypocrite de se comporter comme si tout était resté pareil, m'a-t-il dit un jour. Tu préférerais que je sois hypocrite ? a-t-il demandé.

Je présume que oui. Je préférerais. Je troquerais volontiers la vérité contre la légèreté. Demain, nous serons vieux et je me fiche d'avoir un certificat d'honnêteté gravé sur ma pierre tombale.

Hier soir, pour la première fois depuis très longtemps, nous avons fait l'amour. Il a pris mes poignets et les a bloqués d'une main sur l'oreiller, au-dessus de ma tête. J'ai bien aimé, mais ce n'est pas un geste à nous.

Ce matin, après le petit déjeuner et après avoir pris ses médicaments – maintenant, c'est moi qui le lui rappelle –, il est sorti dans le jardin pour soigner le grenadier malade. Il est remonté sur l'échelle pour observer ses branches affaiblies, bien que je lui aie crié que c'était dangereux, parce que l'herbe était mouillée et la terre glissante.

– Mon père a pris soin de cet arbre, et mon grand-père avant mon père, a-t-il répondu.

Celui qui mange six grains de grenade reste pris au piège de son destin.

Se nourrissant de sa moelle et de sa vigueur, une larve grossit maintenant dans le tronc. Si on ne trouve pas une solution, tôt ou tard, une bourrasque suffira à casser le grenadier en deux.

Antonio est descendu de l'échelle. Il y a un trou dans l'arbre, comme une grosse carie, d'où sortent la sève et une sciure rougeâtre. Il y enfile un brin de cuivre long et fin et parcourt les galeries creusées par le ronge-bois. Quand il le trouvera, il l'embrochera, et le tuera.

Nous n'avons jamais reparlé de ce qui s'est passé dans la remise, ni de l'accident. Nous ne parlons pas non plus d'Anna, mais je sais qu'ils se voient, pour l'enfant. Une fois, il est rentré avec une nouvelle lampe de bureau alors qu'il n'y avait pas de raison et je me suis persuadée que c'était elle qui la lui avait offerte. J'aurais voulu la jeter par terre, la briser en mille morceaux.

L'enfant, si : de temps en temps, on en parle. C'est toujours moi qui demande des nouvelles. Et Antonio m'apporte des réponses vagues. Il va bien, dit-il, il a eu six mois.

Puis, l'autre jour, il a dit : Je voudrais que tu le rencontres.

J'ai cru que j'avais mal compris et lui ai demandé de répéter.

2

Chaque fois que la porte s'ouvre, un courant d'air glacial nous arrive dessus. Je dis : Le petit a peut-être froid, ce serait peut-être mieux qu'on change de table. J'ai apporté un cadeau, je ne sais pas si c'est la bonne taille, si ça ne va pas on peut l'échanger.

La serveuse arrive : nous commandons un café, un chocolat chaud et une bière. La bière est pour Antonio. Je m'excuse et me lève brusquement pour aller aux toilettes, la tête me tourne.

J'écris un message à Lucia : Je voudrais me dissoudre.

Nous pourrions essayer de garder l'enfant, de temps à autre, avait proposé Antonio. J'ai pensé que c'était une idée absurde, que ça démolirait l'équilibre fragile que nous nous étions construit. Puis j'ai pensé que ça pourrait être bien. Je me suis sentie comme si j'avais gagné un tigre à la loterie. D'accord, ai-je répondu. *Essayons*.

Anna voudrait te rencontrer, a alors ajouté Antonio. Je n'avais pas prévu que j'aurais un examen à passer.

Je me suis habillée avec soin, mais sans trop en faire. Même si j'avais besoin d'un gin tonic, j'ai commandé un expresso. À présent, je suis assise à la table d'un café et la femme qui a fait voler ma vie en éclats est en train d'évaluer si je suis une personne appropriée pour passer à l'occasion quelques heures avec son fils.

Anna rit toujours trop fort. L'enfant est sur ses genoux, elle le berce, prend sa petite main pour la porter à ses lèvres. Antonio me caresse l'épaule et me sourit, reconnaissant. En retour, je lui adresse un regard inexpressif.

– Tu veux le prendre un peu dans tes bras ? demande Anna.

J'imagine que je devrais éprouver une douleur très violente, quelque part, être furieuse ou, à l'inverse, fière de notre folie. Rien de tout ça.

J'approche ma main de celle de l'enfant.

C'est un café tout en longueur, étroit, avec des tables en marbre et des fauteuils en cuir. Une table est occupée par une bande de lycéens. Ils sont six et il n'y a que quatre fauteuils. Deux filles s'assoient sur les genoux de l'un puis de l'autre.

Au fond du bar, il y a un couple. Ils ont choisi la table la plus isolée et s'échangent des gestes tendres. Elle seule porte une alliance.

Nous finissons ce que nous étions en train de boire. Je demande un autre café, Anna voudrait un verre d'eau.

– Ça vous dérange si on change de place ? demande Antonio au serveur. Le petit est dans le courant d'air.

Anna enlève son écharpe et l'enroule autour des épaules de son fils.

– Il faut qu'on y aille, sinon on va rater notre train.

– Je vous accompagne à la gare, dit Antonio.

Puis il me regarde et me caresse la joue du dos de la main.

– Je reviens.

Un an a passé depuis que cette histoire a commencé.

Il aurait pu dire *On vous accompagne*, mais il ne l'a pas fait.

3

– C'est pour offrir ? me demande le vendeur.

– Non, c'est pour moi.

Il évalue ma force, et je me demande quelle expression adopter.

Il porte une combinaison bleue et orange et des chaussures de sécurité. Il a un badge fixé sur la poche de poitrine de sa veste – il s'appelle Ben – et un talkie-walkie, comme ceux de la police.

Ben regarde l'écran, appuie sur un bouton et remet le talkie-walkie à sa ceinture. Il se tourne, passe en revue les articles en exposition. Il se gratte la nuque et me demande si j'ai des préférences.

– Non, dis-je.

– C'est pour un usage domestique ?

Je m'attends à ce qu'il me montre des taches d'encre sur une feuille blanche pour savoir si j'ai des problèmes psychologiques qui me rendraient inaptes à l'achat d'une tronçonneuse. Au lieu de ça, il se contente d'observer mes mains.

– Il vous faut un modèle léger, dit-il.

Plus tard, il m'aide à mettre mon achat dans la voiture. Il a insisté pour que je prenne aussi des gants antidérapants, un pantalon anticoupures et un masque de protection.

– Je ne crois pas avoir besoin de tout ça, ai-je essayé de dire.

– Faites-moi confiance. Il faut travailler en toute sécurité.

Je m'assieds au volant et regarde le paquet posé sur le siège passager, je me répète les gestes à accomplir pour la faire marcher.

Qui aurait l'idée d'offrir une tronçonneuse ?

Une fois à la maison, je pose tout sur la pelouse. Puis j'entre, je retire ma veste et mon pull, les suspends à la poignée de la porte. Je mange des crackers et du beurre de cacahuètes, bois deux cafés en lisant le journal d'hier.

– Existe-t-il des histoires d'amour irréversibles ? ai-je demandé à Aneeta.

– Toutes les histoires d'amour sont irréversibles,

jusqu'à ce qu'on décide qu'elles sont finies, a-t-elle répondu.

Antonio a laissé traîner des tasses sales partout : je fais un tour pour les ramasser et les mettre dans l'évier. Plus je vieillis, plus je deviens maniaque du rangement. Parfois, je lui dis : Tu peux enlever tes affaires de là ? Quelles affaires ? répond-il. Il ne se rend même pas compte que ses habits sales s'accumulent sur le fauteuil.

Je fais le lit, ouvre les fenêtres pour aérer, sors la poubelle. Puis je vais m'occuper de mes achats.

Je mets le mélange dans le réservoir et enfile les gants et le masque de protection. Je savais que le pantalon ne me servirait pas, mais je n'avais aucune envie de débattre avec Ben. Je pose la tronçonneuse par terre, la bloque avec mon genou, puis je tire sur la cordelette, une, deux, trois fois : le moteur démarre bruyamment. Je le pousse au maximum et m'attelle à la tâche.

Il tombe une neige légère. J'ai du mal à lever les bras à cause du poids. Je m'attaque aux branches les plus fines et les plus souples du grenadier. Elles cèdent facilement sous la lame, partent dans tous les sens et atterrissent sur mon masque. Les fruits s'écrasent par terre, explosent. Des taches rouges sur le sol. Avec la neige, une pluie de feuilles et d'esquilles tombe sur moi.

Tu es malade, dirait Lucia. Elle devrait crier pour se faire entendre avec le bruit infernal de cet engin : Tu es folle, tu me fais peur !

Je ne serais pas surprise si quelqu'un, dans le voisinage, appelait la police. Qu'est-ce que vous faites ? me dirait-on. Vous avez demandé l'autorisation ? Allez vous faire foutre, vous et votre autorisation.

Je fléchis légèrement les genoux et plante bien les pieds par terre pour être plus stable, comme Ben me l'a conseillé. Puis je m'attaque à un des deux troncs principaux. Du haut vers le bas.

Depuis que je fais de la méditation, j'ai compris l'importance des pieds. Arrêtez d'écouter votre tête, dit le prof, concentrez-vous sur vos pas.

Mes bras vibrent, le rebond me fait chanceler. Je sens l'écorce résister, j'exerce la pression de mon corps et la lame s'enfonce sans peine. Le chien des voisins aboie comme un fou.

Je me tourne vers leur maison et les vois tous les deux. Sur la pointe des pieds, collés au mur de leur jardin, ils tendent le cou et regardent en silence.

Quand le tronc cède, je pousse avec le pied, le

bois se déchire et s'abat par terre. Je coupe aussi le second tronc. À la fin, il ne reste plus rien.

J'éteins la tronçonneuse et retire mon masque de protection. Je suis chamboulée, tremblante et, soudain, j'ai peur.

– Quel dommage, dit le voisin.

– Oui, quel dommage, je réponds.

– Qu'est-ce qu'il avait ?

– Ronge-bois.

– Hmm.

– C'est injuste, dit la femme.

L'homme lui jette un regard sévère :

– Ne commence pas, ce n'était qu'un arbre, il y a des choses plus importantes.

– Oh, oui, je sais bien, mais c'est triste.

– Vous allez prendre froid.

– Mon mari ne va pas tarder à rentrer, dis-je.

– Vraiment, vous allez prendre froid. Vous allez bien ?

– Je ne sais pas, je me sens un peu perdue.

Une voiture ralentit et s'arrête devant le portail, le chien se remet à aboyer de plus belle, avec plus de rage que tout à l'heure.

– Vous allez planter un autre grenadier ? crie le voisin.

Le moteur de l'ouverture automatique se

déclenche, la grille s'ouvre. Il faudrait arranger le mécanisme, faire en sorte que les portes s'immobilisent avant de claquer contre le mur. Elles font tomber le crépi.

Je rentre à la maison sans répondre.

Remerciements

Merci à Raffaella Lops sans qui ce livre n'existerait pas. À Paola Lagossi, pour ses conseils et son affection. À mon extraordinaire relectrice Dalia Oggero. À Valentina Alferj, qui compte beaucoup pour moi et m'a toujours offert joie et sagesse.

Merci à ma maîtresse spirituelle adorée et irremplaçable, Sumitra Patrizia Beni.

Ce livre est dédié à mes amies, parce qu'il contient un morceau de chacune d'elles. Et à ma grand-mère, où qu'elle soit.

Tu l'as bien mérité
a été achevé d'imprimer en France
par Normandie Roto Impression S.A.S.
en mars 2023
pour le compte de
Les Argonautes Éditeur,
Saint-Germain-en-Laye.

Nous nous engageons pour la protection
de l'environnement et une
production française responsable.

Ce livre a été imprimé en France, sur un papier certifié issu de forêts gérées durablement, chez un imprimeur labellisé Imprim'Vert, marque créée en partenariat avec l'Agence de l'Eau, l'ADEME (Agence de l'Environnement et de la Maîtrise de l'Énergie) et l'UNIC (Union Nationale de l'Imprimerie et de la Communication).

ISBN : 978-2-494289-15-4
N° d'édition : 0004
N° d'impression : 2300280
Dépôt légal : avril 2023